edition suhrkamp 2578

Ein dramatisches Zeitalter auf wenigen Seiten zu besichtigen, dazu bedarf es der minimalistischen Kunst eines großen Autors. Taras Prochasko verwandelt ein Familienepos, das Hunderte Geschichten birgt, in lauter erzählerische Extrakte, die eine versunkene Welt und ihre Bewohner heraufbeschwören und zum Gegenstand der Meditation machen. Diese Welt heißt Stanislau und liegt im Karpatenvorland, einem Winkel des Habsburger Reichs. Nach zwei Weltkriegen ist dort nichts mehr wie zuvor. Nur der Enkel Taras wohnt noch immer im Haus seines tschechischen Großvaters an der Hauptstraße. Nicht nur ihre verworrenen Lebensläufe ruft er auf, sondern auch die vielen Dinge, die es einmal gab, chaotische Belanglosigkeiten, die schon bald verschwunden sein werden: »Manchmal, wenn ich nichts tue und nichts sage, scheint es mir, als machten genau sie mein eigentliches Ich aus.«

Taras Prochasko, 1968 geboren, studierte Biologie und ist neben Juri Andruchowytsch die profilierteste Gestalt der jüngeren westukrainischen Literatur. Er lebt in Iwano-Frankiwsk, dem früheren Stanislau.

Taras Prochasko

Daraus lassen sich ein paar Erzählungen machen

Aus dem Ukrainischen von
Maria Weissenböck

Suhrkamp

Die Originalausgabe erschien unter dem Titel
Z c'oho možna zrobyty kil'ka opowidan'
im Verlag Lileja, Lwiw.

edition suhrkamp 2578

Deutsche Erstausgabe

Druck: Druckhaus Nomos, Sinzheim
Umschlaggestaltung nach einem Konzept
von Willy Fleckhaus: Rolf Staudt
Printed in Germany
ISBN 978-3-518-12578-6

1 2 3 4 5 6 – 14 13 12 11 10 09

Daraus lassen sich ein paar Erzählungen machen

Onkel Mychas baute so gute Öfen und Keller, daß er nach seiner Festnahme noch ein ganzes Jahr nicht in die Verbannung geschickt wurde. Die frisch eingetroffenen Offiziere der Besatzungsarmee und der Geheimpolizei ließen sich in den Städten und größeren Dörfern nieder. Sie erhielten Dienstwohnungen in Häusern und Villen, die im Krieg schwer beschädigt worden waren. Und sie mußten den Alltag ihrer Familien organisieren, für ein Gefühl von Heimat und Beständigkeit sorgen. Der verhaftete Handwerker gehörte ihnen. Für Renovierungsarbeiten wurde Onkel Mychas zuerst nach Jeremtscha, dann nach Nadwirna geholt. Das war ganz normal. Auch wir, Soldaten der sowjetischen Armee, mußten Ende der Achtziger die Wohnungen von Offizieren renovieren. Schließlich fand eine Kommission aus Kiew heraus, daß sich der Verurteilte noch immer in örtlicher Untersuchungshaft befand, obwohl er längst in den östlichen Regionen der Sowjetunion sein sollte. Der Onkel wurde sofort nach Stanislau überstellt, um mit dem ersten Zug nach Sibirien deportiert zu werden. Der Pfarrer aus Dora, ein Bekannter von Onkel Mychas, konnte ihm gerade noch ein Säckchen trockenes Brot zustecken. Pater Holowazki wußte nicht, daß sie in wenigen Jahren miteinander verwandt sein würden, daß Onkel Mychas in Tschita die Schwester der Frau seines Bruders heiraten würde. Und daß sie alle in die Karpaten zurückkehren würden. Der erste Zug nach Sibirien war ein Kriminellentransport. Onkel Mychas wurde in den Waggon gestoßen, und das Brot landete sofort beim Chef. Da mußten klare Verhältnisse geschaffen werden. Die Kriminellen konnten Politische nicht ausstehen. Erst recht nicht, wenn ein Politischer

in einem Waggon voller Krimineller gelandet war. Onkel Mychas wiederum mochte kein langes Gelaber. Er redete wenig, und wenn er etwas von sich gab, waren es vorwiegend Witze und Scherzgedichte oder sparsam dosierte Fragmente seiner eigenen Erfahrungen, die wie Assoziationen hochkamen, einer ganz persönlichen Logik folgend. Er holte unter der Zunge eine halbe Rasierklinge hervor und machte – die Hand noch am Mund – mit den Fingern eine Bewegung, die das fast gewichtslose Stückchen Stahl ein paar Meter durch die Luft fliegen ließ, bis es sich genau

neben dem Kopf des Chefs in die Wand bohrte. Erst dann begrüßte Onkel Mychas sein vorläufiges Heim wie ein ehemaliger Strafbataillonskämpfer. Er bekam sein Säckchen Brot zurück, und man trat ihm einen Platz an der frischen Luft ab. Der Zug fuhr zum Zentralgefängnis Wladimir. Dort wurde Onkel Mychas unter irgendeinem Vorwand aus dem Zug geholt. Viele Tage verbrachte er auf den nassen Betonböden der legendärsten Gefängnisse auf dem Weg in den Osten. Eines befand sich sogar auf einer Insel, sehr zu Onkel Mychas' Erheiterung. Natürlich hatte Onkel

Mychas weder für die Polizei noch für die Miliz etwas übrig. Als richtiger Handwerker sagte er, daß zur Miliz nur geht, wer nicht arbeiten, aber gut essen will. Außerdem müsse man eine spezielle Neigung dazu haben, auf wehrlose menschliche Körper einzuprügeln. Der Onkel wunderte sich überhaupt nicht, als alle hinter vorgehaltener Hand über einen Nachbarn redeten, dem – das ist kein Witz – die Miliz Ende der Siebziger fast die Nieren aus dem Leib geprügelt hatte. Der Onkel kannte sich mit gesellschaftlichen und staatlichen Organisationsformen nicht aus, glaubte aber an die Widerstandsfähigkeit der menschlichen Natur. Als die Frau erschossen wurde, die noch näher am Wald wohnte als wir, beschloß Onkel Mychas, sein Flobert-Gewehr zu vernichten, das seit den Dreißigern in einem geheimen Kellerloch unter dem Haus versteckt war. Die örtliche Miliz trieb sich immer öfter in der Nähe unseres Hauses herum. Zwischen uns und dem Haus der Ermordeten waren nur Felder, Obst- und Gemüsegärten, Gräben und Hagebuttendickicht, keine weiteren Häuser. Die Verstorbene hatte uns oft besucht, abends saß sie mit dem Onkel auf der Bank unter den Pflaumenbäumen. Onkel Mychas liebte sein Flobert-Gewehr, wußte aber, daß es an der Zeit war, die Waffe – die perfekt geputzt war und ein außergewöhnliches Kaliber hatte – zu beseitigen, damit die Miliz sie nicht fand. Der Onkel schenkte uns ein paar Dutzend glänzender Patronen. Am Fuß des Berges, auf dem sich unser Häuschen und der Garten befanden, verliefen Bahngleise. Da wir mit diesen Dingen schon Erfahrung hatten, gingen wir die Gleise entlang, immer weiter weg von unserem Haus. Bis dahin, wo auf beiden Seiten Wald war. Dort legten wir die Patronen auf die Schienen. Der Abendzug nach Rachiw kam heran, aus den Fenstern schauten Passagiere. Bei einer solchen Geschwindigkeit haben sechzig Patronen den gleichen Effekt wie ein volles Schmeissermagazin. Der Lokführer zog die Bremse, sprang aus der Kabine und rollte sich in den Graben. Die Züge und Schienen waren Teil unseres täglichen Lebens. Wenn Güterzüge vorbeifuhren, zitterte das Haus. Besonders nachts war das zu spüren, das Bett vibrierte wie bei einem Erdbeben mittlerer Stärke. Auf dem Dachboden kam noch

eine Stufe auf der Richterskala dazu. Als es einundachtzig tatsächlich ein Erdbeben gab, war unsere Familie die einzige in Iwano-Frankiwsk, die in einem mehrstöckigen Wohnhaus keinerlei Reaktion zeigte. Die Nachbarn standen in Pyjamas und mit ihren Pässen und Sparbüchern auf der Straße und schauten mitleidig zu unseren Fenstern hinauf. Im selben Moment klopfte Onkel Mychas mit einem Stock gegen die Decke, weil er glaubte, die Kinder oben führen mitten in der Nacht Fahrrad, und Mutter fragte meinen Bruder, wieso er mit dem Bett wackle. Nur Tante Mira,

deren Bett in einer tiefen Schlucht zwischen Bücherstößen stand, war sich sicher, daß nun eintreten würde, wovor sie sich immer gefürchtet, worüber sie oft nachgedacht hatte: daß es ein Erdbeben geben könnte, bei dem sie unter ihren Büchern begraben wurde. Deshalb versuchte sie erst gar nicht, das Zimmer zu verlassen. Tante Mira schätzte ihre Unabhängigkeit von anderen Menschen, selbst den allernächsten. Sie haßte Geburtstagsgeschenke. Niemand durfte ihr Zimmer betreten. Die Tür war immer versperrt. Sie hatte ihr Zimmer als separate Wohnung angemeldet. Sogar

Sankt Nikolaus steckte die Mandarinen für Tante Mira in ein extra Säckchen, das an der Türklinke ihres Zimmers hing. Onkel Mychas kannte übrigens viele der einfachsten, heute gebräuchlichen Wörter nicht. Zum Zimmer sagte er Stube oder Kammer, aber nicht Zimmer. Zur Decke sagte er Plafond. Das ärgerte Tante Mira. Tante Mira ärgerte vieles an Onkel Mychas. Aber sie gab zu, daß er trotz fehlender Ausbildung überaus intelligent war. Alle beide waren zu stur und zu stark, um einander mit Nachsicht begegnen zu können. Und zu ironisch, um sich nicht gleichzeitig als Peiniger und Opfer zu sehen. Sie hatten denselben Beichtvater. Pater Dr. Laba war in den zwanziger Jahren Seelsorger im Gymnasium der Schwestern Wasyljanky gewesen, das Tante Mira besucht hatte, und in den vierziger Jahren bei der Division Galizien, in der Onkel Mychas gedient hatte. Tante Mira haßte ihren sowjetischen Paß, weil als Geburtsort Scranton, USA, eingetragen war. Tante Mira weckte unsere Liebe zu Grapefruits. Und zwar zu einer Zeit, als man gerade begonnen hatte, sie aus Kuba zu importieren; die Obst- und Gemüseläden waren voll damit, doch verglichen mit Orangen und Mandarinen, der ewigen Mangelware, fanden die meisten Leute Grapefruits eklig. In den Obst- und Gemüseläden wurde auch ungenießbares Sauerkraut verkauft. Den Umstand, daß es verdorben war, versuchte man mit Lorbeerblättern zu kaschieren. Tante Mira war die Schwester meines Großvaters Bohdan, Mutters Vater. Großvater starb ein paar Jahre vor meiner Geburt. Mein anderer Großvater, Vaters Vater, starb ein paar Monate vor Vaters Geburt. Deshalb war Onkel Mychas mein einziger wirklicher Großvater.

Großmutter und er hatten sich in Tschita kennengelernt. Vater war damals dreizehn, er war daran gewöhnt, sich allein um seine Mutter zu kümmern, und so versuchte er anfangs, jegliche Annäherung zu verhindern. Vater haben sie einfach in der Schule abgeholt. Die Familie lebte damals in Morschyn. Bewaffnete NKWD-Leute kamen in die Klasse und nahmen den Zehnjährigen mit. In Tschita schloß er sich den Kriminellen an. Innerhalb eines Jahres verschwanden sechs Jungen aus seiner Klasse: Drei starben bei einer Messerstecherei, die anderen drei wurden zum Tod durch Erschießen verurteilt, weil sie in eine Reihe von Raubmorden verwickelt gewesen waren. Manchmal setzten die Kriminellen in Tschita beim Kartenspiel auf Menschenleben. Sagen wir, Reihe vier, Platz neun im Kino »Spartak« während der Vierzehn-Uhr-zwanzig-Vorstellung. Der Verlierer mußte den Kinobesucher, der zufällig zu dieser Zeit auf diesem Platz saß, erstechen. Onkel Mychas half Vater, von der Bande loszukommen, daraufhin akzeptierte Vater ihn. Vater begann sich ernsthaft mit Ringkampf zu befassen, mit Laubsägearbeiten und mit dem Reparieren von Uhren. Aus Gewohnheit trug er noch immer seinen Schlagring. Der Onkel überzeugte ihn davon, daß eine Eichel viel besser sei, weil man damit niemanden zum Krüppel machen kann. Eine Eichel ist eine Metallkugel, die man mit der Faust umschließt. Sie macht den Schlag nicht härter, sondern verleiht der Faust eine optimale Form. Noch in den Achtzigern zog Vater oft durch die nächtliche Stadt, und immer hielt er für alle Fälle ein Lederetui mit Schlüsseln in der Hand. Vor ein paar Jahren habe ich seinen Schlagring aus Tschita gefunden. Ich steckte ihn ein und ging Brot kaufen. Unterwegs konnte ich der Verlockung nicht widerstehen und steckte die Finger in den Schlagring. Die vier Löcher waren für dünnere Finger gemacht. Während ich in der Schlange stand, gelang es mir nicht, den Schlagring wieder von der Hand zu ziehen. Ebensowenig konnte ich die Hand aus der Tasche ziehen, um an das Geld zu kommen. Ich mußte die Schlange im letzten Moment verlassen. Ein anderes Mal begleiteten wir jemanden zum Nachtzug. Wir waren eine ganze Gruppe, und die letzten Flaschen leerten wir am Bahnhof, aus irgendeinem Grund

am Abstellgleis zwischen zwei Güterzügen. Die Sache sollte so leise und sauber wie möglich vor sich gehen. Die Flaschen standen auf einem niedrigen Pflock, in dem ein blaues Licht brannte. Wir hatten keine Ahnung, daß in diesem Jahr sehr viel aus den Güterwagen gestohlen wurde. Wie sich herausstellte, war das gesamte Stationsgelände ziemlich gut bewacht. Plötzlich kamen von allen Seiten Milizionäre gelaufen. Beim Laufen preßten sie ihre Kappen seltsam gegen den Kopf. Wir wurden festgenommen und zum Revier gebracht. Der Schlagring war in der Tasche meines

Wintermantels. Ich wollte ihn herausholen, aber der Milizionär packte meine Hand und verbot mir, in die Tasche zu greifen. Ich bot ihm eine gute Zigarette an, hatte gerade ein Päckchen Gitanes bekommen, die bei uns niemand kannte. Der Polizeikommissar nahm an, denn bis zum Revier war es noch weit. Während ich das Päckchen hervorholte, mußte ich ein Loch in die Tasche reißen und den Schlagring zwischen Futter und Mantelstoff schieben. Auf dem Revier wurden wir durchsucht. Ich hielt den Mantelsaum vorsichtig zur Seite und bemühte mich, niemanden mit dem schweren Ding zu treffen, das auf Kniehöhe herumschlenkerte. Später warf ich den Schlagring in den Fluß. Ich hatte keinen einzigen Menschen damit geschlagen. Nicht einmal den OMON-Polizisten, dem meine Freunde und ich den Gummiknüppel abnahmen. Damals ähnelte Iwano-Frankiwsk einer besetzten Stadt. Es war September, das fünfzigjährige Jubiläum der Eingliederung der Westukraine in die Ukrainische Sowjetrepublik. OMON-Polizisten aus Odessa patrouillierten auf den Straßen des Zentrums. Sie waren in Dreiergruppen unterwegs, mit Hunden, Gummiknüppeln, Pfeffersprays und Handschellen. So etwas hatten wir noch nie erlebt. Die Patrouillen verfolgten alle, die gelb-blaue oder rot-schwarze Abzeichen trugen. Das Ganze endete damit, daß unser Kumpel zusammengeschlagen wurde. Er wurde ins Krankenhaus eingeliefert, die OMON-Polizisten wurden abgezogen und damit aus der Verantwortung entlassen. Am siebzehnten September trugen wir Trauerschleifen und stellten brennende Kerzen in die verdunkelten Fenster. Obwohl sich unsere Fenster schwer verdunkeln ließen. Wir wohnten an der Hauptstraße, und die Girlanden der Festtagsbeleuchtung waren genau vor unseren Fenstern gespannt. Im Winter, wenn die Fensterbretter, Dächer, Bäume und elektrischen Leitungen mit Schnee bedeckt waren, liebten wir es, die Fenster weit aufzumachen und den besonderen rosaroten Schein zu betrachten – das Funkeln der Schneekristalle. In Lemberg übernachtete ich manchmal in der Ruska Straße. Unsere alte Tante, Witwe des ersten Rektors der Geheimen Ukrainischen Universität, wohnte im obersten Stock des uralten Hauses, das an die Himmelfahrtskirche grenzt.

Wenn sie krank war, blieb ich über Nacht bei ihr. Die vorbeifahrenden Straßenbahnen ließen das Bett leicht erzittern, und von Zeit zu Zeit sah man blaue Blitze in der Straßenschlucht. Von einem der Fenster aus konnte man in einen Ausstellungsraum des Porzellanmuseums sehen. Einmal war ich mit meinen damals noch kleinen Kindern dort. Ich schaute aus dem Fenster zu den Fenstern unserer ehemaligen Wohnung hinüber. Ein Fenster stand offen, jedoch einen Stock höher. Ich erkannte die gleiche Decke, die Lampe aber war völlig anders. Es gab eine Zeit, da bin ich mit meinen besten Schulfreunden jeden Tag nach dem Unterricht durch die Stadt gezogen. Wir waren sechzehn. Aus irgendeinem Grund blühten in Iwano-Frankiwsk fast immer die Pflaumen-, Birnen- und Kirschbäume. Wir gingen durch die Hinterhöfe und liefen über die Dächer ganzer Viertel. Einmal landeten wir durch Zufall auf einem steilen Dach, von dem aus ich sehen konnte, was sich in unserer Wohnung tat. Ich versuchte mir vorzustellen, was in den Toten vorgeht, während sie auf uns warten. Nach unseren Dachausflügen übten wir Fechten im Garten der Musikschule. Meistens drei gegen drei. Manchmal drei gegen zwei. Wir hatten dort ein Versteck für unsere Florette. Neben der Musikschule stand ein großes, einstöckiges Haus, es war uralt, und irgendwann hatte dort mein Urgroßvater Ignati gewohnt. Er war Hauptdiakon von Stanislau gewesen, Organisator der Diakonatsbewegung in Galizien und Redakteur des Periodikums *Die Stimme des Diakons*. Außerdem war er Herausgeber eines Kirchengesangbuchs. Als Kinder spielten mein Bruder und ich oft mit Urgroßvaters Peitsche. In dem Haus hatte Urgroßvater eine

Diakonschule eingerichtet. In den achtziger Jahren war dort ein geheimes Kloster der Schwestern Sluschebnizy untergebracht. Schwester Witalija war eine entfernte Verwandte von Ignati. In einem der Zimmer stand eine große Heimorgel, wahrscheinlich stammte sie aus der Zeit der Diakonschule. Die Nonnen brachten uns heimlich geweihtes Jordanwasser, geweihtes Osterbrot und gefärbte Eier. Zu Weihnachten buken sie für uns einen Schichtkuchen und einen Mohnkuchen. Wir erkannten die offizielle Kirche nicht an und gingen nie zu den Gottesdiensten. Nur bei Kirchenfesten, wenn wir uns anschauen wollten, wie die Lehrerinnen und Komsomolzen aus allen Schulen der Stadt, Stift und Block gezückt, ihre Schüler ausspähten. Wir wußten immer ungefähr, wer von unseren Lehrern mit dem KGB zusammenarbeitete. Einmal zu Ostern fand Angela ein maschinengeschriebenes antisowjetisches Flugblatt in der Stadt. Sie brachte es mit in die Schule, um es unserer Geschichtslehrerin zu zeigen, die sehr liberal war und echte Freundschaft mit den Schülern heuchelte. Angela wollte nur, daß APP (so nannten wir die Geschichtstusse) den Text des Flugblattes erklärte. Als unsere liebe Lehrerin das abscheuliche Machwerk erblickte, veränderte sich ihre Miene schlagartig, und sie brachte Angela zu jener Lehrerin, von der wir uns nichts anderes erwartet hatten. Durch das Klassenfenster konnten wir beobachten, wie diese Lehrerin unsere Mitschülerin am Arm riß, während sie das Beweisstück vorsichtig in der anderen Hand hielt. Angela landete ohne Umwege im Hauptquartier auf der Tschekisten-Straße. Zusammen mit unseren besten Freunden hatten wir damals gerade mit den Vorbereitungen des

Umsturzes begonnen, der die Westukraine von der Sowjetunion loslösen sollte. Die Vorbereitungen begannen damit, daß wir uns mit den Methoden der Spezialeinheiten rund um die Welt befaßten – soweit man in der UdSSR an sie herankam. Deshalb wunderten wir uns sehr, wie man die eigene Position wegen einer zufälligen Episode mit einem läppischen Flugblatt so unprofessionell preisgeben konnte. Mit APP sprachen wir kein ernsthaftes Wort mehr. Allenfalls über die stalinistischen Repressionen gegen irgendwelche blöden Helden des Vaterländischen Krieges. Das

war Onkel Mychas' letztes Jahr. Er hatte schreckliches Asthma. Schon ein paar Jahre in Folge überwinterten Großmutter und er in Iwano-Frankiwsk. Der Onkel bekam kaum noch Luft. Manchmal flüchteten meine Freunde aus unserer Wohnung, weil sie sein Röcheln nicht ertrugen. Es war ein merkwürdiger Winter. Schneelos und streng. Jeden Abend wuschen wir unserer Katze die Pfoten. Sie riß sich los, und die tiefen Kratzer auf unseren Armen bildeten den ganzen Winter lang feine Muster. Die Katze ging oft in ihr Kistchen, grub dort ständig im Sand, und der Onkel

konnte den Geruch ihrer ungewaschenen Pfoten in der Nacht nicht ertragen. Onkel Mychas hatte schreckliche Kreuzschmerzen. Sein Rücken erinnerte sich an die kalten Lachen auf den Betonböden der Einzelzellen. Wir legten ihm irgendwelche Magnetplatten auf den Rücken. Dreimal am Tag rieb ich ihn mit einer Salbe aus Kreuzotterngift ein. Danach roch ich lange an meinen Händen, konnte der Versuchung kaum widerstehen, an meinen Fingern zu lecken. Alle, die zu Hause waren, hielten sich in einem Zimmer auf, dort, wo man am besten heizen konnte, dort, wo der

Wind die Wärme am wenigsten hinausblies. Mein Bruder Jurko und ich erfanden einen neuen Zeitvertreib: Liegendboxen. Ich schrieb in Onkel Mychas' Notizbuch, sonntags tranken wir alle Kakao zum Frühstück. Gleich nach Neujahr kam die französische Serie *Die Dame von Monsoreau* ins Fernsehen. Nur dank dieser Serie wurden die Stunden in der Musikschule für Jurko und mich irgendwie erträglich. Die Lehrerinnen waren ganz aus dem Häuschen wegen der Serie. Wir hatten das vielbändige Werk von Dumas damals schon gelesen und konnten so manches erzählen,

was nicht in der Verfilmung gelandet war – Serien waren damals verkürzte Romanversionen. Und so verwandelten wir uns innerhalb einer Woche von miserablen Klavierschülern in kultivierte, gebildete Brüder, in Erzähler von Geschichten von Welt. In der Musikschule wurden uns immer die spätesten Stunden zugeteilt, da wir genau gegenüber wohnten. Früher war unser Haus die Residenz eines Stanislauer Rabbis. Das Dach war so gebaut, daß es sich öffnen ließ. So brauchte man an Feiertagen, an denen unter freiem Himmel gespeist werden mußte, den kleinen Palast

nicht zu verlassen. Unser Dach in Deljatyn dagegen war einfach undicht. In Regenzeiten standen Dutzende von Schüsseln, Schalen, leeren Konservendosen und Farbeimern in komplizierter Anordnung auf dem Dachboden – je nach Größe des Lecks. Ein paar Mal am Tag klapperten wir alle Gefäße ab und gossen das Regenwasser in einen Eimer. Im Sommer regnete es meist einen ganzen Monat lang. Manche sagten, eine Wolke sei gerissen. Auf dem steinigen Weg entstand dann ein richtiger Bach, der den aufgeschütteten Schotter wegschwemmte bis zu den alten Steinplatten.

Das Wasser im Brunnen konnte sich nicht mehr selbst reinigen und roch nach vermodertem Gras. Unser Berg wurde unzugänglich, das Wasser hatte alle Wege überschwemmt. Sobald sich das Wetter besserte, kletterten wir aufs Dach und teerten die Spalten. Vom Dach des Hauses aus ähnelten die Bäume und Büsche einem echten Dschungel. Aus der Sperrzone in den nahen Bergen stiegen Jagdflugzeuge auf. Über unserem Haus flogen sie noch so tief, daß man jedes Detail erkennen konnte. Die Züge, die in die Sperrzone fuhren, sahen aus wie Personenzüge, nur waren an allen Fenstern die Gardinen vorgezogen. Die Sperrzone war in drei Zonen aufgeteilt. In der ersten arbeiteten Handwerker aus Deljatyn mit speziellen Passierscheinen. In der zweiten befand sich das Soldatenstädtchen, mit einer eigenen Schule, Läden, Straßen und großen Häusern. Mama arbeitete in der städtischen Kinderklinik und wußte, daß alle Kinder aus der Sperrzone unter der Adresse Awiazina-Straße 17, Iwano-Frankiwsk, angemeldet wurden. Die Dorfkinder erzählten phantastische Geschichten: daß es dort eine Straßenbahn gibt, ein Schwimmbad, einen Tiergarten und einen Zirkus. Die dritte Zone war die geheimste. Von dort stiegen die Jagdflugzeuge auf, und dorthin fuhren die unbeschilderten Züge. Es gab Gerüchte, in der Sperrzone werde Uran gewonnen. Erst später stellte sich heraus, daß sich dort eine strategische Raketenbasis befand. Um die Sperrzone war auch noch ein breiter Waldstreifen gezogen. Wir schlüpften durch den Stacheldrahtzaun und suchten Pilze. Manchmal mußten wir uns vor Patrouillen verstecken, die den Zaun bewachten. Einmal gingen wir Pilze suchen, wie immer früh am Morgen.

Meistens kehrten wir ein paar Stunden später nach Hause zurück, diesmal aber waren wir tief in den Wald geraten und wollten noch weiter. Gegen Abend begann ein Militärhubschrauber über uns zu kreisen. Wir spielten begeistert, wir seien Partisanen, die von der Luftwaffe gejagt werden. Jedes Mal, wenn der Hubschrauber tiefer flog und seine Kreise enger zog, verbargen wir uns zwischen Wacholderstauden, liefen geduckt weiter und mußten uns wieder verstecken. Spätabends kamen wir nach Hause und erfuhren, daß der Hubschrauber tatsächlich nach uns gesucht hatte:

Unsere besorgte Familie hatte das Militär verständigt, daß ihre Kinder noch immer im Wald seien. Gleich hinter unserem Haus begannen die Wälder der Gorgany. Man konnte, ohne auf ein einziges Haus zu stoßen, bis nach Transkarpatien laufen. Viele Jahre später arbeitete ich im Institut für alpine Forstwirtschaft und war oft auf der transkarpatischen Seite. Zusammen mit einem Arbeitskollegen machte ich lange Dienstreisen, wir erstellten eine Formel für die Zusammensetzung verschiedener Waldabschnitte. Unser Auge war derart geschult, daß wir die Wälder am

Straßenrand nicht mehr neutral betrachten konnten, selbst bei Fahrten mit dem Autobus: sechs Buchen zwei Tannen eine Fichte eine Erle. Wir übernachteten in verschiedenen Förstereien. Meist im Gästezimmer. In manchen Gegenden waren das richtig noble Unterkünfte für die Nomenklatura. Die mit Fellen vollgehängten Zimmer rochen nach frischem Holz und Bordell. Die Förster verwöhnten uns mit Fleisch, Pilzen, Salzkartoffeln, Quark und Selbstgebranntem. In Dovhe gingen wir am Abend tschechisches Bier trinken. Es stellte sich heraus, daß es dort fast unmöglich ist, ungestört zu trinken. Sofort gesellten sich Zigeunerinnen zu uns und baten um einen Schluck Bier, sie setzten sich neben uns und griffen nach unseren Bierkrügen. In Czernowitz schrieben wir in der Landesanstalt für Wald- und Forstwirtschaft eine ganze Woche lang Daten über die hundertjährigen Baumbestände aus speziellen Büchern ab. In keiner Bar, in keinem Café, in keinem einzigen Restaurant bekam man anderen als löslichen Kaffee. Abends gingen wir in den erstbesten Nachtklub. Wir trugen hohe Arbeitsschuhe, Zelttuchjacken und Pullover, am Gürtel

schlenkerte ein Jagdmesser, wir hatten viele Zigaretten dabei, denn wir hätten die Woche in den Berge verbringen sollen, nicht in Czernowitz, doch in den Bergen tobte ein Sturm, und uns wurde eine andere Aufgabe zugeteilt. Wir hatten nicht einmal Pässe dabei, und im Hotel wollte man uns kein Zimmer geben. Wir klapperten verschiedene Studentenheime ab, gingen zu einem Arzt, schilderten ihm die Situation und erhielten ein Zimmer im obersten Stock eines Gebäudes des Universitätssanatoriums. Im Nachtklub waren wir die einzigen, die sich laut auf ukrainisch

unterhielten und trotzdem keine weißen Socken trugen. Wir wurden an den Tisch des Chefganoven gebeten. Er dachte, wir seien unglaublich wichtige Leute aus Lemberg, denn nur dort konnten es sich normale Ganoven erlauben, bedenkenlos Ukrainisch zu sprechen. Beide hießen wir Taras, und der Chefganove hielt diesen Namen für eine Anrede ähnlich wie Bruder. Am Ende des Abends wollten wir uns die nächtliche Stadt anschauen. Allein, ohne seine Leute, machte der Chefganove eine kleine Führung für uns. In einem besonders schönen Jugendstilhof bat er uns um Erlaubnis, ins Ukrainische überzuwechseln. Zum Kochen benutzten wir die Gemeinschaftsküche in einem der unteren Stockwerke des Wohnheims. Auf der Suche nach einer Pfanne, einer leeren Pfanne, klapperten wir die Zimmer ab. Die verschreckten Studenten wollten uns dazu überreden, alles zu nehmen, was sie eben in ihren Pfannen gebraten oder gedünstet hatten. Als wir ablehnten, luden sie uns zu einem gemeinsamen Abendessen ein. Unser Labor beschäftigte sich mit natürlicher Walderneuerung. Am besten stand es um die natürliche Walderneuerung in

Berehomet. Wir arbeiteten ein Jahr lang im Institut, kamen in Karpatenstädtchen und Wälder, in die es uns nie wieder verschlagen würde, lernten die Parallelwelt einer ganzen Reihe von Förstereien kennen und eigneten uns die Grundlagen der Forstwirtschaft an. Aber wie es das Schicksal so wollte, trafen wir uns später in völlig unterschiedlichen Sphären wieder: in der Produktion und im Vertrieb von Schaumweinen, als Handelsvertreter einer der beliebtesten Wochenzeitungen, bei der Gründung einer coolen Zeitschrift, beim Forellenfang. Es war Taras, der mir vorschlug,

Journalist zu werden. Taras mochte keine Hunde und Tauben, keine kleinen Kinder und keine Zigeuner. Auf unseren Dienstreisen gewöhnten wir uns an Kaffeedragees. In Iwano-Frankiwsk stand es damals sehr schlecht um Kaffee. In den großen Kaffeehäusern gab es nur grün geernteten. Der Tagesvorrat reichte gerade einmal für die erste halbe Stunde. Noch bevor die Kaffeehäuser öffneten, bildeten sich lange Schlangen. Mit Milch war es genauso. Die Leute kamen schon vor sechs zu den Läden. Der Winter war schneereich und kalt. Um Strom zu sparen, wurden die Straßen der Städte nicht beleuchtet. Die dunklen Schlangen zwischen den Schneeverwehungen wirkten sehr malerisch. Ich kam jeden Tag zur Milchschlange, denn die Kinder waren noch sehr klein. Danach ging ich zur Kaffeeschlange. Der grüne Kaffee hinterließ charakteristische Flecken auf den Untertassen. Wir gingen mit unseren Tassen hinaus auf die Straße, denn drinnen war Rauchen noch nicht erlaubt. Seit jener Zeit gibt es billige amerikanische Zigaretten in ausreichender Menge zu kaufen. Auch in der Kantine des Zahnmedizinischen Instituts der Medizinischen Universität gab es Kaffee, für Studenten und Professoren. Als Antoni Miró aus Spanien zu Besuch kam, gingen wir zusammen dorthin, denn zum Stadtcafé schaffte er es nicht. Der Künstler sagte später, dies sei der beste Kaffee seines Lebens gewesen: Wir gingen in die städtische Zahnklinik, vorbei an Dutzenden schmerzverzerrter Gesichter, hinter den Türen der Behandlungsräume brummten langsame Bohrer, wir gingen vorbei an Spucknäpfen mit blutiger Watte, durch Werkstätten mit Gipsabdrücken und Schleifbohrern, durch Hörsäle, über Treppen, durch Keller und durch Korridore mit schrecklichen Wandzeitungen. Im Buffet gab es tatsächlich Kaffee. Grünen Kaffee aus dem Bürgerkriegsanbau in Nicaragua. In Iwano-Frankiwsk schwankte sein Preis täglich, so um die zwei Kopeken. Abhängig vom Frontverlauf. Damals tauchte zum ersten Mal John in unserer Stadt auf. John Siddhartha, der reisende Häftling aus Nottingham, so nennt ihn Juri Andruchowytsch in seinem Roman *Perversion*, der ihm gewidmet ist. John war fast sechzig und hatte einen Großteil seines Lebens in Gefängnissen und auf Wanderschaft verbracht. Er ist sogar beim

Dalai Lama gewesen. Und hat ihn zum Teufel geschickt. Nach endloser Warterei wurde John endlich vom Dalai Lama empfangen. Der vom langen Tag müde Dalai Lama fragte ihn: »Nun, was brauchst?« John wurde hysterisch: *you fucking Lama*, ich hab meinen Arsch hierherbewegt, stundenlang vor deiner Tür gewartet, ich bin zu dir gekommen, um zu erfahren, was ich brauche, und jetzt fragst du mich, was ich brauche, *fuck you*. John hatte einen Bekannten, der mit dem Auto in die Ukraine fuhr. Er bot dem Alten an, ihn mitzunehmen. Sie drehten sich ein paar

Dutzend Joints und fuhren los. Als wir John zum ersten Mal sahen, trug er ein sowjetisches Barett, anstelle des Sterns prangte ein Porträt von Bob Marley. Bob Marley war für uns damals der größte Musiker, wir durchlebten unsere Reggaezeit. Einer von uns hatte sogar ein Foto von Bob Marley in seinen Paß geklebt. Wir lernten John auf der Straße kennen. Wie sich herausstellte, sollte es eine lange Freundschaft werden. John blieb in Iwano-Frankiwsk hängen. Unsere Väter und wir waren seine Brüder, unsere Schwestern und Mütter seine Schwestern. Meine neunzig-

jährige Großmutter nannte er liebevoll Mama Sofia. Von Zeit zu Zeit trampte John nach Nottingham, um seine Pension abzuholen. Danach kehrte er in sein Paradies zurück, wo zum ersten Mal jemand auf ihn wartete. Er wohnte abwechselnd bei unseren Freunden und bei uns. Er schlief, aß und trank mit uns, er zog mit uns durch die Stadt, lebte einfach mit uns. Wir fuhren mit ihm in die Berge, nach Kiew und Lemberg. Er brachte immer für jeden ein Geschenk mit. Seine Mitbringsel waren: aus einer Kirche gestohlene Silberbecher, auf der Straße gefundene Schirmgriffe, die irgendwelche Figuren darstellten, Bücher alter unbekannter Dichter mit Bibliotheksstempeln, schöne Kinderjacken mit eingenähtem Namen, der Wohnadresse und der Adresse des Kindergartens, Fläschchen mit falschem Amphetamin. Bei Stadtfesten und in der Diskothek, wo einer von uns auflegte und ein anderer Türsteher war, tanzte John wie ein Wilder. Er veranstaltete Festessen und schreckliche Eifersuchtsszenen. In seiner Kappe klebte ein Zettel mit dem Wort *dorogaja* – meine Liebe – in lateinischen Buchstaben; wenn er ein Mädchen anbaggerte, zog

er die Kappe und las das Wort ab, das er sich einfach nicht merken konnte. In seiner Brieftasche steckte ein Strafzettel für Schwarzfahren im Regionalzug Stryj–Iwano-Frankiwsk, ausgestellt auf den Bürger Sidchardche. Damals fuhren in Regionalzügen fast alle schwarz. Die Epoche der nicht ausbezahlten Löhne hatte gerade begonnen. Wenn ich allein mit zwei kleinen Kindern nach Deljatyn fuhr, fragte mich der Schaffner erst gar nicht nach meiner Fahrkarte. Meine Jungen liebten es, an hartem Brot zu nagen. Wenn ich ihnen im Zug ein Stück Schwarzbrot gab, sahen

uns alle an, als wären wir die heilige Familie. Wir hatten damals aber wirklich kein Geld. Den Sommer verbrachten wir in Deljatyn, denn dort gab es billigen Quark, Beeren, Pilze, Äpfel und sauberes Brunnenwasser. Abends, wenn die Kinder schliefen, holte ich etwas vom Dachboden herunter, eine Säge, eine Emailschüssel oder ein paar Keramikaschenbecher, und ging damit in eine Bar, von denen es damals in Deljatyn mehr gab als in Iwano-Frankiwsk und Lemberg, um die Sachen zu verkaufen. Aschenbecher – *popilnytschka* – war Johns Lieblingswort auf Ukrainisch.

Sollte er jemals eine Tochter bekommen, sagte er, würde er sie zärtlich Popilnytschka nennen. Im Zentrum von Lemberg gab es damals nur zwei Lokale. Eines davon war die Bar des Grand Hotel. Einmal wollten Fazyk und ich in der Nacht Kaffee trinken. Wir hatten sogar ein bißchen Geld und gingen in die Bar. Es stellte sich heraus, daß der Kaffee einen Dollar kostete. Zahlbar in Dollar, nicht in Kupons, und zum aktuellen Wechselkurs. Dollar hatten wir nicht. Wir verließen das Hotel, und zwanzig Schritte weiter fanden wir auf dem Bürgersteig irgendwelche Scheine. Es waren zwei Dollar. Wir hätten umkehren und Kaffee trinken können. Aber wir gingen in das andere Lokal, unter dem Hotel Lwiw. Dort war es so richtig gemütlich, mit wahnsinnig langen Tischen und ebenso langen Bänken zu beiden Seiten. Fremde Menschen mußten nebeneinander sitzen wie auf einer Dorfhochzeit. Für die zwei Dollar aßen wir zu Abend, leerten ein Fläschchen Wodka und tranken gegen Morgen sogar Kaffee. Abgesehen von dieser Geschichte verband Fazyk und mich ein Sturm, den wir auf einem See erlebt hatten. Der See war groß und entsetzlich tief. Fazyk wollte mit Blinkern Hechte fangen. Das geht am besten in Bewegung. Wir fanden einen echten Einbaum, aus einer einzigen Weide geschlagen. Ich sollte mit einem Ruder rudern und Fazyk die Angel auswerfen, sie halten und den Hecht aus dem Wasser ziehen. Ziemlich weit vom Ufer entfernt wurde uns klar, daß die Piroge leckt. Wir mußten das Wasser mit den Händen aus dem Boot schöpfen. Alles ging gut, bis plötzlich Wind aufkam und es zu schütten begann. Die großen, schnellen Wellen schaukelten den Einbaum so heftig, daß wir uns kaum darin halten konnten; von allen Seiten schwappte Wasser herein, am Himmel zuckten Blitze. Für alle Fälle verabschiedeten wir uns schon mal voneinander. Aber wir schafften es zurück ans Ufer, verloren nur meine Stiefel, die ich so lange getragen hatte, daß ich sie Peter und Paul nannte. Fazyk war einer jener drei Menschen, die ich für perfekt hielt, in allen Dingen. Onkel Mychas war der zweite. Über den dritten denke ich inzwischen anders. Onkel Mychas brachte Großmutter Zonja und Vater sechsundfünfzig nach Deljatyn. Etwa ein Jahr nach dem Ungarnaufstand kam ein Verwandter zu Besuch, er war Offizier und auf Urlaub. Ein Festessen wurde bereitet. Irgendwann hob der Offizier das Glas, um einen Toast auf die Erfolge der ungarischen Kompanien auszubringen. Darauf wollte der Onkel nicht trinken und versuchte, den Tisch zu verlassen. Er saß an der Wand, eingekeilt zwischen anderen Gästen, die ihn nicht vorbeiließen. Da sprang er mit einem Satz auf den überquellenden Tisch, lief darauf entlang, ohne auch nur einen einzigen Teller, ein Glas oder eine Flasche zu berühren, sprang dann noch über jemanden hinweg und ging nach Hause. Im November sechsundfünfzig starb auch Marjanas Großvater. Ein sowjetischer Offizier hat ihn in Uschgorod erschossen. Er war noch ganz jung und hatte zwei kleine Töchter. Er mußte viel arbeiten. Spätabends transportierte er mit seinem Kumpel Kartoffeln zu einem Laden. Unterwegs wurden sie von einem Offizier aufgehalten, der darum bat, in der Kabine des Pritschenwagens mitfahren zu dürfen. Er saß schweigend da, und die beiden anderen fingen an, sich wie gewöhnlich auf ungarisch zu unterhalten. Sie sprachen darüber, wo man ein wenig

Brennholz für zu Hause auftreiben könnte. Immer noch schweigend zog der Offizier seine Pistole und erschoß Marjanas Großvater. Sein Kumpel konnte gerade noch aus dem Auto springen und ins Gestrüpp flüchten. Der Offizier wurde nicht einmal belangt. Nebenan, in Ungarn, war Krieg, die militärischen Reserven waren in Transkarpatien stationiert. Der Offizier erklärte, als er die beiden habe Ungarisch sprechen hören, sei ihm klargeworden, daß sie ihn umbringen wollten, also habe er sich verteidigen müssen. Onkel Mychas konnte von solchen Vorfällen nichts wissen, er konnte aber auch nicht so tun, als wolle er auf den Sieg der Roten Armee in Ungarn anstoßen. Und das, obwohl er natürlich vom Pogrom bei Krasne Pole wußte und daß ungarische Soldaten im Ersten Weltkrieg Huzulen gehängt haben. Er sang gern Lieder aus der Zeit der Karpaten-Ukraine. Ich war drei, als Onkel Mychas meinem Cousin aus Deljatyn und mir ein paar Kosakenlieder beibrachte. Er schnitt aus einem Brett das Profil eines Pferdekopfes aus und befestigte es an einem Stock; das waren unsere Pferde. Außerdem hatten wir hölzerne Säbel und an unseren Mützen rote Zipfel. Wir ritten durch den Garten und sangen von Marusenka, von der Donau, von einem Kopftuch und dem Grab eines Schützen. Wir zerdrückten Kalynabeeren auf unseren Armen, am Kopf und am Hals und stellten uns vor, es sei Blut aus unseren Wunden. Etwas später baute er uns die ersten Bögen. Danach bauten wir jedes Jahr selbst welche, sowohl die Bögen und Bogensehnen als auch die Pfeile wurden immer perfekter. Unsere letzten Teenagerpfeile hatten Spitzen aus Maschinengewehrpatronen. Aus hundert Schritt Entfernung flogen sie über einen zwanzig Meter hohen Baum, aus dreißig Schritt Entfernung durchbohrten sie ein Brett. Die meiste Zeit aber verbrachten wir mit Messerwerfen. In unserer Kollektion gab es Bajonette, Messerbajonette und Breitschwerter aus verschiedenen Armeen. Wir hatten auch selbstgemachte Schwerter, aus Feilen gefertigt und zum Werfen bestimmt. Meine Söhne erfanden noch eine Methode. Sie legten große Nägel oder groben Stahldraht auf die Schienen, und der Zug formte daraus perfekte Stilette. Onkel Mychas sagte, ein Mensch ohne Messer sei das hilfloseste Geschöpf auf Erden. Nicht nur hatte er immer ein Klappmesser bei sich, sondern auch einen kleinen Schleifstein. Zwei Tage vor Schulbeginn schenkte er mir ein einfaches Klappmesser, bohrte ein Loch in den Griff und fädelte eine Schnur durch. Viele Jahre trug ich es um den Hals. Ähnliches gibt es von meinem Gürtel zu berichten. Onkel Mychas war der Ansicht, ein Mann müsse einen Gürtel tragen und zwar immer im selben Loch, damit er es sich nicht erlauben könne, einen Bauch zu kriegen. Der Gürtel, den er mir damals schenkte, ging erst an der Uni kaputt.

Meine ganze Kindheit hindurch schrieb ich alle Orte, an denen ich gewesen war, auf die Innenseite meines Gürtels. Der Gürtel riß im Kaukasus, in den abchasischen Bergen, am Rand des Naturschutzgebietes am Psluch. Dort fand eine Geheimkonferenz der illegalen, extremistischen und unionsweiten Studentenvereinigung für Umweltschutz statt, ich war der Abgesandte aus Lemberg und der Westukraine. Onkel Wlodko hatte mir eine kleine Tasche in die Unterhose eingenäht, da ich zwei Tage dritter Klasse fahren mußte. Onkel Wlodko saß seine Haft in Chabarowsk ab, das ist noch hinter Tschita und Tschita-Drei. Vom Waggon des Zuges Lemberg–Adler aus schaute ich mir die Ostukraine an. Entlang der Gleise blühte endloser Flieder. Zwischen den Fliedersträuchern sah man oft schaukelnde PKWs. Darin machte jemand Liebe. Genauso schaukelten bei Manövern die Fernmeldewagen GAZ-66. Nach Krasnaja Poljana fuhren wir in einem überfüllten Bus eine Straße mit echten Serpentinen hinauf. Obwohl es kurz zuvor noch unmöglich schien, sich überhaupt zu bewegen, fielen an einer Stelle alle Passagiere auf die Knie und begannen zu

beten, dabei verbargen sie das Gesicht in ihren Händen. Wir sind gerade in die Teufelsschlucht eingefahren, sagte der Fahrer zu mir und wandte den Blick von der schmalen Straße ab, die an einem steilen Abgrund entlangführte. Von Krasnaja Poljana bis zum Jagdhaus am Rand des Naturschutzgebietes waren es noch zwanzig Kilometer zu Fuß. Den ganzen Weg betrachtete ich das Gras und die jungen Blätter, um mich davon zu überzeugen, daß im Kaukasus alles anders ist. Das Gras schien hier um etwa soviel grüner als bei uns, wie es mir im Baltikum blasser vorgekommen

war. Der Weg führte auch durch Nußwälder, in denen die Nüsse vieler Jahre schichtweise übereinanderlagen. Im Umkreis des Jagdhauses gab es vierzig echte Mineralwasserquellen. Jeden Morgen trank ich aus einer Quelle, wusch mir in einer anderen das Gesicht und putzte mir bei der dritten die Zähne. Aus der vierten wollte ich wieder trinken. Im Jagdhaus residierte das Ehepaar Saltykow. Flüchtlinge vor der städtischen Zivilisation. Neophyten. Sie hatte in Leningrad die Schauspielschule absolviert, er war zweifacher Doktor, in Physik und in Mathematik. Ihre schwarze

Banja stand direkt am Ufer des Psluch. Sie hatten keinen Strom und rezitierten jeden Abend beim Licht einer Öllampe Zwetajewa. Die Kinder ritten nach Krasnaja Poljana zur Schule, und die Pferde grasten fünf Stunden lang vor dem Schulgebäude. Alle in der Familie hatten stets Karabiner bei sich. Jeden Tag weinten sie, denn es gab jeden Tag schrecklichen Streit. Sie sagte, daß in einem Naturschutzgebiet alles auf Naturschutz ausgerichtet sein sollte; sie verbot ihrem Mann sogar, für die Pferde Heu zu machen, als Futter für den Winter. Von seinen Freunden am Institut

für Raumfahrtforschung brachte er von Zeit zu Zeit irgendwelche Dinge aus der Satellitentechnik mit und baute daraus eine Art Drachensegler mit Motor, der ferngesteuert abheben, fliegen und landen konnte. Am Drachensegler war eine Videokamera angebracht, die die Bilder auf einen Bildschirm am Boden übertrug, der sechzig Farben anzeigte. Der Tank faßte so viel Benzin, daß der Drachensegler sechs Stunden durchgehend in der Luft bleiben konnte. Herr Saltykow steuerte ihn an schwer zugängliche Orte und beobachtete das Treiben verschiedener Tiere. Natalja

weinte, denn für sie war das ein Eindringen in das Ökosystem. Ich schlief in ihrem mit Fuchspelz gefütterten Schlafsack. Onkel Mychas hatte Fäustlinge aus Fuchspelz. Manchmal kam Lacis zu Besuch, ein Lette, der versuchsweise im Naturschutzgebiet eine schnelle Eingreiftruppe zum Kampf gegen Wilderer aufgebaut hatte. Wir begleiteten Lacis, um zu sehen, wie er arbeitete. Jäger von der abchasischen Seite hatten ein Bison erlegt und schleppten es nach Hause. Lacis verfolgte sie über die Berge, manchmal schossen sie in unsere Richtung. Am Ende setzten die

Maischneefälle ein, und die Abchasen wurden zusammen mit dem Bison von einer Lawine erfaßt. Die Abgesandten wohnten in Baracken mit eisernen Stockbetten. Die meisten der siebzehnjährigen Jungen und Mädchen hatten bereits echte Kämpfe mit skrupellosen bewaffneten Schwarzhändlern von Kaviar, Lachs, Bärenfett, tausendjährigen Lärchen, Eiderentendaunen, Tigerfellen und Ginsengwurzeln hinter sich. Die Theoriestunden hielt der berühmte Schpilmark ab, Enkel des legendären Schpilmark. Sehr bald gingen unsere Vorräte zu Ende, und wir aßen eine Woche lang ausschließlich weichgekochte Trockenbirnen aus den umliegenden Birnenwäldern. Bis zum Ararat war es nicht weit. Auf dem Ararat stand der wahrscheinlich stärkste Sender von Radio Swoboda. In der Nacht nach den Schneefällen, als die Vögel nicht schliefen und verzweifelt über ihren mit Schnee bedeckten Nestern kreisten, in denen Eier lagen, berichtete Radio Swoboda vollkommen störungsfrei von einer verheerenden Atomkatastrophe in der Westukraine. Es hieß, daß es zu einer Massenevakuierung gekommen und die dortige Gegend nicht mehr bewohnbar sei. Um meine Familie nicht zu verlieren, mußte ich sofort nach Hause zurück. Die Strände von Sotschi waren mit Schnee bedeckt. Die Maschine nach Lemberg flog so tief, daß irgendwo über der Krim die zwei Meere zu sehen waren. In Lemberg selbst konnte ich von oben sehen, wie meine Kommilitonen auf dem Zaun um das alte Universitätsgebäude saßen und rauchten. Im Mai sechsundachtzig konnten wir nicht verstehen, warum wir keine Frühlingszwiebel essen durften, obwohl sie nicht einmal Flecken hatte. Wir wußten nicht, was zu tun war. Einen

Monat später mußte ich zum Militär, auf den Türen der Kaserne stand, daß zum Schutz vor radioaktiver Strahlung der Lappen an der Türschwelle jede halbe Stunde angefeuchtet werden müsse und die Räume nur nachts fünf Minuten lang gelüftet werden dürften. Wir waren eine Ausbildungseinheit und wurden zu Fernmeldern ausgebildet. Grundlage der ganzen Ausbildung war das Morsealphabet. Feldwebel Karakedschba hatte einen Monat zuvor auf einer Rotaprint-Maschine vervielfältigte Unterlagen über die Ausbildungsmethoden der amerikanischen

Ranger studiert. Deshalb war der Drill in unserem Zug einzigartig in der Geschichte der sowjetischen Armee. Ständig mußten wir laufen und Liegestütze machen. Die Unterrichtseinheiten, die unsere Spezialisierung betrafen, fanden meist nachts statt. Der Abenddrill – ausziehen, Kleidung zusammenlegen und auf die obere Etage des Stockbettes springen – dauerte so lange, wie ein Streichholz brennt. Viele von uns hatten zu enge Stiefel, darum mußten wir den Abenddrill unzählige Male wiederholen. Karakedschba dachte sich ständig Spezialübungen für uns aus: mit dem

Kopf nach unten am Reck hängen oder mit verbundenen Augen einen Hindernisparcours durchlaufen. Ringsum waren Apfelplantagen, und der Leiter des Krankentraktes, Unteroffizier Bek, flößte jedem, der von einem Apfel abbiß, zehn Liter mit Kaliumpermanganat versetztes Wasser ein. Politoffizier Markidonow befreite mich in Politischer Bildung vom Mitschreiben, denn ich konnte auf einer politischen Weltkarte fehlerlos die Hauptstädte aller Mitgliedstaaten des Warschauer Paktes zeigen. Karakedschba war das zu wenig, er akzeptierte mich erst nach einem

Spezialtest: Ich mußte innerhalb von fünfzehn Sekunden die Insel von Robinson Crusoe finden. Die bei Chile. Hauptmann Karelski war ein gerechter Offizier. Er absolvierte die Zwanzig-Kilometer-Gepäckmärsche gemeinsam mit uns. Dabei rauchte er pausenlos. Feldwebel Kasatonow hatte eine chronische Augenentzündung. Wenn wir exerzierten, gab er gern den Befehl, fünfzehn Minuten ein Bein waagrecht zu halten. Jeder von uns hatte mindestens einmal eitrige Wunden an den Füßen. Als Ursache wurde das feuchte Klima genannt. Später erfuhr ich, daß diese

Begründung in allen Kasernen der sowjetischen Armee üblich war, unabhängig von der geographischen Lage. In jenem Sommer fiel fast kein Regen. Wir schlenderten zur städtischen Badeanstalt, auf dem Rückweg rannten wir die staubigen Sandstraßen entlang. Die Krähen sammelten irgendwo am Stadtrand Nüsse, kamen zur Kaserne und ließen die Nüsse auf den Exerzierplatz fallen, wo sie am Beton aufplatzten. Eine Zehntkläßlerin, die schon mehr als ein Jahr ohne Karakedschba hatte auskommen müssen, reiste aus Batumi an. Sie wurde heimlich im Krankentrakt

untergebracht. Das Mädchen lernte, mit der Schere die Ränder eitriger Wunden abzuschneiden, während sie drei Tage auf Karakedschba wartete, der im Bunker saß, weil er ein paar faule Soldaten in einem Keller mit offenen Fässern voller Desinfektionsmittel eingesperrt hatte. Die Dämpfe drangen bis in den ersten Stock, und in der Kaserne krepierten alle Mücken. Zehn Jahre später arbeitete ich in einer Bar ohne fließendes Wasser. Das Geschirr spülten wir in einem Eimer, Wasser holten wir von einem Brunnen auf der Straße. Eines Nachts verpaßte ein betrunkener Gast aus Rostow einem Verbrecher aus Iwano-Frankiwsk einen Schnitt an der Hand. Ich reinigte die Wunde und steckte mich dabei mit jenem Hepatitistyp an, der wie AIDS nur über das Blut oder durch Geschlechtsverkehr übertragen wird. Schon ganz gelb, trank ich mein letztes Glas dunkles Staropramen und einen unechten Porto-Maria-Cognac und ließ mich in die Isolierbaracke einweisen. Damals gab es kaum Medikamente, und der Doktor riet uns, viel Melone zu essen. Eine moldawische Familie mit Verdacht auf Cholera wurde zwangsweise in dasselbe Krankenhaus

eingeliefert; vor der Tür ihres Zimmers saß den ganzen Tag ein bewaffneter Milizionär. Jeder Patient, bei dem Hepatitis B diagnostiziert wurde, mußte am Tag nach der Einlieferung mit einem Offizier der Abteilung für Drogenbekämpfung sprechen. Ich erwähnte den Typen aus Rostow nicht; der Offizier warf einen Blick auf meine Venen und schloß daraus, daß ich mich bei einer Zahnbehandlung angesteckt hatte. Jeden Morgen wurden die Böden in den Zimmern mit einer Chlorlösung gereinigt, eine halbe Stunde später war der Boden mit Insekten übersät, die krepiert

und von der Decke gefallen waren. Einmal kam mein Freund, ein Entomologe, nach Deljatyn. Meine Kinder beeindruckte er damit, daß er wahnsinnig geschickt Fliegen fing und sie lebendig aufaß. Der Entomologe und ich stahlen aus der Villa eines berühmten Lemberger Professors das vielleicht beste Foto von Montenegro, es wurde später sogar für eine Ansichtskarte verwendet. Der Professor starb, und die Erben wollten den ganzen Ramsch an einen Trödler verkaufen. Außer dem Foto stahl ich auch Brötchen. Damals mußte man in der Bäckerei das Brot selbst aus den Regalen nehmen und damit zur Kasse gehen. Nach dem Schwimmtraining waren wir immer sehr hungrig, das Geld reichte aber nie, um Brötchen für alle zu kaufen. Einer ging voran, ein Brötchen und Kopeken in der Hand. Dahinter ging ein zweiter, der auch ein Brötchen nahm und noch ein paar in die Kapuze seines Vordermannes steckte. Wenn wir sehr hungrig waren, gingen drei oder vier von uns hintereinander. Viele Jahre später arbeitete im Schwimmbad eine junge Frau als Trainerin, die sich in einen meiner Bekannten verliebte. Spät am Abend, als alle mit dem Training fertig waren, gingen wir ins Schwimmbad. Mein Freund und die Schwimmtrainerin lagen auf einer Pritsche beim Eingang zu den Duschen, ich schwamm in der Zwischenzeit ganz für mich allein im unbeleuchteten Becken. Ein anderer Bekannter aus Iwano-Frankiwsk traf sich in Lemberg mit der Tochter einer schwedischen Schönheit und eines arabischen Millionärs. Ich studierte damals in Lemberg und war für die Organisation der Treffen zuständig. Für eines hatte ich ein Hotelzimmer ausgesucht, dessen Fenster auf das Dach der Oper hinausging.

Sofi fragte das Zimmermädchen, wo es Wasser gäbe, diese zeigte auf das Badezimmer am Ende des Flurs. Die Badewanne war voll mit kühlem Wasser, Sofi zog sich schnell aus und hüpfte in die Wanne. Kurz darauf betrat das Zimmermädchen, einen Wasserkessel in der Hand, das Badezimmer. Es stellte sich heraus, daß das Wasser für Tee, Händewaschen und Blumengießen vorgesehen gewesen war und die Etage den ganzen Tag damit hätte auskommen sollen. Sofi war auf einer Pferdefarm aufgewachsen. Vor der Abreise schenkte sie meinem Bekannten eine Unze reines

Silber. Pani Irzja brachte uns ihre Silbergeschirrsammlung, bevor sie sich erhängte, und bat, sie der Regierung einer unabhängigen Ukraine zu übergeben. Das war dreiundachtzig, die Repressionen unter Andropow hatten gerade begonnen. Einmal ging während einer Vorstellung im Kinderkino, wo wir Schule schwänzten, das Licht an, und die Funktionäre des städtischen Komsomol-Komitees brachten die Schulschwänzer zur Milizstelle für Minderjährige. Smirnowa, die Vorsteherin, ließ keine Gelegenheit aus, jemanden von den Festgehaltenen mit einem sandgefüllten

Gummischlauch zu schlagen. Die Mädchen durften sich sogar aussuchen, was für einer ihnen lieber war: ein langer dünner oder ein kurzer dicker. Mein Bruder landete aus einem anderen Grund auf der Milizstelle für Minderjährige. Er wurde vom KGB festgenommen, denn seine Angelegenheit war politisch. Jurko wollte ein paar alte Häuser fotografieren, die abgerissen werden sollten. Man warf ihm ideologische Zersetzung vor – die Fotos der baufälligen Häuser sollten angeblich Berichte in ausländischen Zeitungen über die Lebensbedingungen der sowjetischen

Arbeiterschaft illustrieren. Nach einem langen Gespräch mußte die Version fallengelassen werden, trotzdem wurde mein Bruder der Miliz übergeben, damit man ihn dort registrieren konnte. Punja, der die Mathematikstunden im Park schwänzte, wurde von Aktivisten der freiwilligen Jugendorganisation »Junge Dserschinzen« bis zum See verfolgt. Es war Vorfrühling. Der kleine, leichte Punja lief aufs Eis hinaus. Die Dserschinzen blockierten das Ufer zwei Stunden lang, trauten sich aber nicht, die dünne Eisschicht zu betreten; sie wollten Punja überreden aufzugeben, versprachen ihm sogar vollständige Amnestie. Punja wußte, was Sache war, und versenkte in der Zwischenzeit sein Tagebuch und ein Heft in einem Spalt, um anonym zu bleiben. Punja hat sich beim Militär in die Luft gejagt. Er verbrühte sich den Arm, als er mit einem Kessel mit kochend heißem Wasser auf dem schmierigen Küchenboden ausrutschte. Punja wurde im Krankentrakt des Regiments behandelt. Er war sehr klug, und so behielt man ihn zum Dienst dort. Oft wurde Punja in der Nacht von den Armeeärzten geweckt und in eine Schlinge gehängt, dann

stoppten sie eine bestimmte Anzahl von Sekunden, befreiten ihn aus der Schlinge und leisteten die allernötigste erste Hilfe. Mit der Zeit gelang es mir, sowohl die Namen als auch die Adressen von Punjas Peinigern herauszufinden. Punja spielte als einziger in unserer Klasse akzeptabel Schach, deshalb schickte man ihn zum Schachturnier der Stadt. Punja traf auf einen echten Könner. Der holte beim ersten Zug einen Block hervor und notierte Punjas Zug mit dem Bauern. Dann zog er selbst und notierte wieder etwas. Punja schlug ihm vor aufzugeben. Der Gegner betrachtete

das Schachbrett lange, studierte seine Aufzeichnungen und lehnte ab. Punja machte noch einen Zug und meinte, daß mit einem freundschaftlichen Unentschieden allen gedient sei. Es war klar, daß er bluffte. Nach dem dritten Zug erklärte Punja sich zum Verlierer und gratulierte dem Meister. Als APP sah, daß Punja unter der Schulbank von seinem Pausenbrot abbiß, erlaubte sie ihm, in Zukunft während ihres Unterrichts zu essen. Am nächsten Tag breitete Punja ein weißes Tischtuch auf seiner Schulbank aus und aß die ganze Stunde herrliche Schnitzel, legte aus einer

Schüssel verschiedene Salate auf seinen Teller, hantierte mit Gabeln, Messern und Löffelchen und trank heißen Kaffee; neben seinem Teller stand eine Vase mit einer Hyazinthe. Wir nahmen nie Pausenbrote mit zur Schule. In der großen Pause gingen wir in die Mensa und sammelten von den Tischen das Brot ein, das die Erstkläßler in großen Mengen zum Frühstück bekamen und nicht aufessen konnten. Als wir in die erste Klasse gingen, gab es noch kein warmes Frühstück. Um die Viertelliterflasche pasteurisierte Milch nach der zweiten Stunde aber kam man nicht herum. Im

Winter lagen die Flaschen eine Stunde lang zum Anwärmen auf den Heizkörpern. Ich liebte Milch. Jene Mitschüler, die Milch haßten, überließen mir heimlich ihre Portion. Wir lernten, den Verschluß aus Alufolie abzumachen, ohne ihn zu zerknittern, wir hielten die Folie mit zwei Fingern und ließen sie dann durch die ganze Klasse segeln. Eine Zeitlang bekam ich im Sportklub Kupons für zusätzliches Essen. Für einen solchen Kupon konnte man in jeder beliebigen Mensa der Ukrainischen Sowjetrepublik jede beliebige Speise für einen Rubel bekommen. Wenn ich ein

paar Kupons zusammenhatte, lud ich meine Freunde in die sogenannte Diätmensa ein, und wir gönnten uns ein Festmahl, bestehend aus Pudding mit Konfitüre. Damals tranken wir noch nicht einmal Bier. Na ja, Turkmen trank auf dem Weg zum Training im Delikatessenladen immer Kaffee mit Cognac, nachdem er gehört hatte, daß sein Idol Wolodymyr Kuz nicht nur beim Training, sondern auch bei den Olympischen Spielen in Melbourne vor und nach dem Zehntausendmeterlauf ein Gläschen Wodka gekippt hatte. Beim Militär war ich bei Crossläufen immer der schnellste. Aber nur im Winter. Der Kommandant der Einheit stellte im Ziel einen Militärwagen mit heißem Tee in Thermoskannen ab. Ich lief so schnell ich konnte und atmete dabei durch den Mund, damit Luftröhre und Bronchien maximal auskühlten. Der süße, heiße Tee wirkte dann wie eine Droge. Mit der Fernmeldeanlage im BTR führten der Fahrer Miki und ich regelmäßig lange, autonome Einsätze durch. Wochenlang lebten wir im Metall, allein mitten im Wald. Miki kochte dann richtig starken Tee. Einmal schliefen wir drei Tage nicht. Im Winter wurde es

im Panzerwagen so kalt, daß sich innen an den Wänden eine zentimeterdicke Eisschicht bildete. Mitten in der Nacht flüchteten wir aus kalter Verzweiflung hinaus in den Schnee, und unter freiem Himmel empfanden wir die Kälte als eine echte Erleichterung. Um die Erdungsstangen gut in den Boden schlagen zu können, mußte man sie anpinkeln. Mikis voller Name war Ramil. Bei uns gab es eine ganze Brigade von Fahrern, die Baschkiren waren. Schöner geformte Muskeln als die von Miki habe ich in meinem ganzen Leben nicht gesehen. Sein Cousin Rajil hatte noch

nie eine Frau gehabt, und er fuhr auch nicht Motorrad. Immer wollte er alles über Motorräder wissen und darüber, wie sich der Körper einer Frau anfühlt. Ich dachte mir etwas für ihn aus. Ein paar Monate nach dem Ende seines Wehrdienstes starb Rajil bei einem Motorradunfall, er war unterwegs zu einem Mädchen, mit dem ich alles arrangiert hatte. Rafael bekam regelmäßig ein paar Milliliter Alkohol von mir, der zum Reinigen des Kodierapparats bestimmt war, und verabreichte ihn sich intravenös. Hauptmann Jelisarow händigte uns nur ein Zehntel der Alkoholmenge aus, den Rest füllte er in Gläser, die er in einem Safe aufbewahrte. Wir nahmen uns vor, den Alkohol zu trinken. Wir schaukelten den Safe so lange, bis er umfiel. Die Gläser zerbrachen, und der Alkohol rann in die bereitgestellte Metallschüssel. Oberleutnant Okatow konnte seine Knie in beide Richtungen durchbiegen. Fähnrich Derenko war Leiter der größten Fernmeldeanlage. Sie war nicht in einem Panzerwagen untergebracht, sondern in einem warmen, geräumigen Militär-LKW. Wir gehörten demselben Kommando an und trafen uns oft im Wald. Vor Ausflügen in die

Dörfer bügelte der Fähnrich immer Unterhose, Unterhemd und Socken und beträufelte alles mit Eau de Cologne. Bei Wettbewerben der Laienkunst holte Miki unheimlich viele Punkte für uns, indem er auf der Bühne ein und denselben Trick zeigte. Er durchstach sich mit einer Nadel das rechte Ohrläppchen, die rechte Wange, die Zunge, dann die linke Wange und das linke Ohrläppchen, zog eine Schnur durch und verknotete die Enden; danach zog er die Schnur ein paarmal hin und her und riß sie anschließend heraus; die Kommission konnte keinerlei Verletzungen an

seinem Körper entdecken. In einer der Bars, in denen ich arbeitete, ließen sich die Studentinnen oft so richtig volllaufen. Wurde einer schlecht, schleppten wir sie in die Besenkammer. Ein paarmal mußte ich einem ohnmächtigen Mädchen die Zunge aus dem Mund ziehen und mit einer Sicherheitsnadel an ihren Blusenkragen heften, damit sie nicht daran erstickte. Bei einem Mädchen machte ich danach auch noch Mund-zu-Mund-Beatmung. Am nächsten Tag kam sie wieder in die Bar, hatte keine Ahnung mehr, was hier mit ihr geschehen war, und schlug mir ein geniales

Thema für eine Erzählung vor. Der Mensch benutzt nur vier Prozent seines Gehirns. Das ist eine wissenschaftliche Tatsache, sagte sie. Was aber machen die restlichen sechsundneunzig Prozent? In diesem Lokal saßen immer Gäste an der langen Bar. Ich mußte von einem zum anderen gehen, mir alle Lebensgeschichten anhören und weise Ratschläge geben. Das Schwierigste war, sich an den Inhalt der Geschichte zu erinnern, wenn jemand seine Erzählung dort fortsetzte, wo er sie ein paar Tage oder Wochen zuvor unterbrochen hatte. Ein paar Minuten bevor die Kinder

aufwachten, kam ich von der Nachtschicht nach Hause. Wir machten stundenlange Spaziergänge, und manchmal nickte ich für einen Augenblick ein, während ich auf dem See ruderte. In den ersten Monaten beim Militär schlief ich so schnell ein, daß ich es nicht genießen konnte. Damals begann ich, vor dem Schlafengehen viel Wasser zu trinken, damit ich in der Nacht aufwachte, durch die Sommernacht zur Toilette gehen und mich wieder ins Bett legen konnte. Tante Mira sang uns oder sich selbst gern ein Liedchen vor: Ich bin so froh, wenn ich schlafen geh, morgen stehe ich

wieder auf, wie dumm bin ich auch, wie dumm bin ich auch. In Pidljute, wo die Schülerinnen des Gymnasiums einen Teil ihrer Sommerferien verbrachten und wo sich auch der Schirmherr des Gymnasiums, Metropolit Scheptyzkyj, aufhielt, hat Tante Mira sich nie an den morgendlichen Mädchenkämpfen beteiligt, wer dem Metropoliten das Bett machen durfte. Sie brachte es nicht einmal fertig, seinen Ring zu küssen. Später verliebte sich Jaroslaw Halan in sie, damals noch ein unbekannter ukrainischer Dramaturg. Er machte ihr einen Heiratsantrag, aber Tante Mira wollte davon nichts wissen, denn Halan stolperte ständig und fiel auf Bergpfaden immer hin. Wasyl Schtschurat war ihr Ukrainischlehrer, Biologie unterrichtete Melnyk und Geographie Olena Stepaniw. Tante Mira kaufte oft einen ganzen Laib Käse, mein Bruder und ich schnitzten daraus Schlösser oder bohrten Höhlen hinein, was dabei abfiel, aßen wir einfach auf. Ihr Stammlokal war der Laden »Freundschaft«, ein Buchladen für ausländische Literatur. Dort konnte man auch einen alten Geiger antreffen, der prophezeite, der Fernsehturm werde umstürzen, und deshalb nie den Umkreis des Turmes betrat, dessen Radius der Höhe des Turmes entsprach. Tante Mira kaufte unglaublich viele Bücher in dem Laden. Hauptsächlich polnische Übersetzungen von Autoren aus der ganzen Welt, die man in der UdSSR auf Ukrainisch oder Russisch nicht bekam. Nachdem sie die Bücher gelesen hatte, brachte sie die meisten davon sofort in einen anderen Buchladen zum Weiterverkaufen. Trotzdem sammelten sich mehrere tausend Bücher bei ihr an. Bei Regen saß Tante Mira gerne auf dem Balkon und zählte die Regenschirme einer bestimmten Farbe. Tante Mira hatte eine schwere Schluckstörung und ernährte sich deshalb vorwiegend von pürierten Speisen. Diese Neurose war entstanden, als die Ärzte ihrer Schwester verboten hatten, viel Flüssigkeit zu sich zu nehmen. Tante Mira hatte ihr ganzes Leben lang Unmengen an Wasser getrunken, und das Verbot sowie das Leiden ihrer Schwester bewirkten eine vollständige Unfähigkeit zu schlucken. Tante Mira kam damals gerade noch mit dem Leben davon. Ihre Schwester war eine der fünf ersten Schüler von Oleksa Novakivsky gewesen. Wir haben noch ein paar richtig gute Arbeiten von ihr, aus irgendeinem Grund aber gab sie das Malen bald auf. Einmal schlugen Bekannte aus Amerika vor, in New York eine Ausstellung von Novakivsky zu organisieren. Novakivsky aber hatte große Angst um seine Bilder. Schließlich mußten sie mit dem Schiff über den Ozean fahren, und dieses Risiko wollte er nicht eingehen. Und was, wenn es sinkt, meinte er. Wir hatten sehr viele Landschaften zu Hause, in verschiedenen Formaten und von unterschiedlicher Qualität, manche waren einfach nur schrecklich. Meine Verwandten hatten sie gekauft, um Emigranten zu unterstützen – Offiziere der Ukrainischen Volksrepublik, die malten und deren Bilder bei Wohltätigkeitsausstellungen in galizischen Städten verkauft wurden. Onkel Osyp, der den Sanitätszug der UHA geleitet hatte und deshalb sein Medizinstudium nur in Prag abschließen konnte, kannte die Situation der emigrierten Militärs sehr gut und kaufte Bilder, ohne auf deren Qualität zu achten. Ich verbrachte meine ganze Kindheit unter den Landschaften der großen Ukraine. Berge jedoch sah ich nie auf Bildern. Die Berge umgaben uns. Anfangs konnte man sie sogar von unseren Fenstern im zweiten Stock im Zentrum von Iwano-Frankiwsk sehen, aber dann wurden am Stadtrand Hochhäuser gebaut und versperrten den Ausblick. Auf der Suche nach Fischern mit frischem Fisch ging ich in Zoppot das morgendlich kalte Ufer entlang. Ich bat einen Fischer, mir einen Fisch auszusuchen, denn ich sei nicht vom Meer. Als der Fischer erfuhr, daß ich in den Bergen zu Hause war, gab er neidvoll zu, daß dies auch sehr, sehr gut sei. Vater fuhr einige Male mit uns an ein warmes Meer. Am meisten faszinierte uns das warme Wasser. Wir waren an kalte Gebirgsbäche gewöhnt, die sogar bei der größten Hitze nicht wärmer wurden. Wir wohnten in einem Häuschen neben einem Leuchtturm. Auf der dem Meer abgewandten Seite blühten Lavendelfelder. Am Feldweg wuchsen Aprikosenbäume. Sonntags kamen Gäste in den Leuchtturm. Vater trank mit ihnen Rotwein. Mitten in der Nacht gingen die Erwachsenen schwimmen, wir versteckten uns hinter Wermutsträuchern und ließen Vater nicht aus den Augen, denn vielleicht würden wir ihn retten müssen. Meinen Bruder nahm Vater zum ersten Mal mit ans Meer, als er drei war. Vater filmte damals mit einer 8-mm-Kamera. Jurko wurde von einer Welle erfaßt und aufs Meer hinausgetragen, und Vater filmte ihn dabei, solange es möglich war. Nach seiner Rückkehr aus Tschita hat Vater in der Schule ein paar Monate so getan, als verstehe er kein Ukrainisch. Er machte sich Skier und erkundete die Wälder. Im Wald hielten sich wohl noch vereinzelte Gruppen von Partisanen auf, denn die Holzfäller – Vater wurde einer von ihnen – sangen laut und monoton, damit es die Menschen im Wald hörten: Wir wollen nicht, wir müssen. Vater besaß als einziger in der Klasse eine Krawatte. Deshalb gibt es von jedem Jungen ein Schulabschlußfoto mit derselben Krawatte. Schwere Stiefel, eine Armbanduhr und ein Fahrrad waren in Tschita damals unglaublich in. Deshalb ließen sich alle Jungs – die Dinge hatten sie sich extra ausgeliehen – in ein und derselben Pose fotografieren: ein Fuß mit Stiefel am Fahrrad, der Ärmel aufgekrempelt, damit die Uhr zu sehen war. In Tschita gab es oft Sandstürme. Die Burjaten trugen sowohl bei Hitze als auch bei eisiger Kälte ihren Pelz, abhängig von der

Jahreszeit wendeten sie ihn bloß. Im Winter wurde die Milch nach Gewicht verkauft, die meisten Straßen verliefen zwischen hohen Bretterzäunen. Da Vater so oft die Schule gewechselt hatte, konnte er bis an sein Lebensende das russische und das ukrainische E nicht auseinanderhalten. In der Verbannung träumte er davon, Opernsänger zu werden. Dann aber begann er zu rauchen. Er besaß sogar ein Mundstück aus Ebenholz mit der Aufschrift: Borja 1940. Vater war Jahrgang vierzig. Und Borja nannten ihn die Kriminellen, denn ein Bodja, ein Bohdan, war ihnen

noch nie untergekommen. Vater nannte mich vor allem deswegen Taras, weil es davon keine russische Koseform mit weiblicher Endung gibt. Die Koseform Jura ist uns vertraut, deshalb paßte dieser Name gut auf meinen Bruder. Vaters Vater hieß Robert. Er kam in den ersten Kriegstagen ums Leben, im September neununddreißig. Vater wurde ein paar Monate später geboren, genau zu Neujahr. Neujahr war für uns Vaters Geburtstag, und Vaters Geburtstag war für uns Neujahr. Vater arbeitete in der Forstwirtschaft, deshalb bekamen wir jedes Jahr zu Neujahr eine schöne

Tanne als Weihnachtsbaum. Nach dem Jordansfest räumten wir sie ab, hackten sie in kleine Stücke und heizten damit den Ofen. Neben dem Ofen stand ein Lehnstuhl. Zu Hause saß Vater beim Rauchen immer in diesem Lehnstuhl und aschte in den Ofen. Als Teenager wollten mein Bruder und ich keinen Weihnachtsbaum. Als meine Kinder klein waren, gruben wir auf der Forststraße viele kleine Tannenbäumchen aus und bepflanzten damit ein ganzes Beet neben dem Haus. Die meisten Bäumchen, die auf der Forststraße keine Chance gehabt hätten, wuchsen an. Ein paar

Jahre später begannen wir, sie in andere Teile von Hof und Garten umzupflanzen. Die größte Tanne ließen wir vor unserem Fenster stehen. Onkel Mychas machte herrlichen Fichtenlikör, dafür setzte er die jungen, hellgrünen Triebe mit Zucker an. Im Winter brachte er Großmutter und mir vor dem Frühstück ein Gläschen. In jenen Jahren gab es so viel Schnee, daß wir die Schaufel über Nacht mit ins Haus nahmen. Am Morgen waren die Türen zugeschneit, um sie zu öffnen, kletterten wir mit der Schaufel aus dem Fenster und beseitigten die Schneewehen. In den Schulen der Stadt galt die Fünfundzwanzig-Grad-Regel: Wenn es so kalt war, durfte man zu Hause bleiben. Manchmal waren nur die Zentrumskinder in der Schule, am Stadtrand, in der Nähe des Flusses, war es immer ein wenig kälter. Damals waren die Wälle ein Ort des vorübergehenden Friedens. Jungs aus allen Vierteln – aus dem Zentrum, der Bahnhofsgegend, von der Ziegelfabrik, aus Kant, Majzly, Hirka, Sofijiwka, Belvedere, der Deutschen Kolonie, aus dem alten und dem neuen Städtchen und aus Bam – kamen abends zum Eislaufen dorthin. Sie trugen Segeltuchjacken und kamen in größeren Gruppen, denn der Friede war nur vorübergehend. Außer unserer Schule gab es noch fünf weitere Schulen in der Stadt, das gängigste Merkmal für die Feindschaft war: ukrainisch oder russisch. Bei den größten Konflikten traten die Obermacker der Schulen alleine gegeneinander an. Bida lebte sein eigenes Leben. Sein Vater war Boxtrainer, seine Mutter Schauspielerin. Bida interessierte sich nicht für die anderen Schulen. Er begann in der eigenen Klasse, indem er alle zwang, ihm wöchentlich zwanzig Kopeken zu geben. Eine Zeitlang wohnte er in einem

Möbelhaus, er versteckte sich vor Ladenschluß in einem Schrank und schlief auf den teuersten Sofas. Einmal knöpfte er mir auf der Straße mein Eis ab. Ein andermal wollte er mir neunzehn Kopeken wegnehmen, mit denen ich eine Fischkonserve »Wolna« für unsere Katze kaufen sollte. Unsere Straße wurde damals gerade ausgebessert. Ich schnappte mir ein paar Steine aus dem groben Schotter und zielte dreimal aus geringer Entfernung und mit voller Wucht auf Bidas Kopf. Von da an grüßten wir uns. Kurz vor seinem Tod trafen wir uns ein paarmal zu Maiskolben und

Apfelwein. Anfang der Achtziger eröffnete in Iwano-Frankiwsk ein ungewöhnliches Café: »Der Goldene Anfang«. Dort bekam man das ganze Jahr über Maiskolben. In meiner Deljatyner Kindheit waren Steine die beliebtesten Waffen. In kritischen Momenten reichte es, sich zu bücken, einen Stein aufzuheben und Mut zu zeigen. Die Kinder verwendeten Steine auch für verschiedene Spiele: wenn sie über Stromleitungen warfen, auf Pfosten zielten. Wir stellten uns nebeneinander auf, jeder eine Handvoll Schotter in der Hand, und warfen die Steinchen gleichzeitig in die

Luft. Dann warteten wir. Das Spiel hieß »Wie Gott lenkt«. Auf unserem Berg gab es viele wilde Kirschbäume. Wir zogen von einem Kirschbaum zum nächsten, die Bäume waren für uns das, was für die Boheme bestimmte Kaffeehäuser und Bars waren. Wir saßen auf den Ästen, kletterten von Ast zu Ast, schaukelten in den Baumkronen, probierten die Kirschen, bewarfen einander mit Kernen. Den Mädchen, die nicht auf Bäume klettern konnten, reichten wir Zweige mit den besten Kirschen hinunter. Solche Zweige dienten auch als Sträuße und Geschenke. Genauso wie Walderdbeeren, auf einen Grashalm gefädelt. Die meisten Walderdbeeren wuchsen am Bahndamm. Auf den Schienen zu gehen war für uns wie promenieren. Ohne auch nur einmal von den Schienen zu steigen, spazierten wir bis zur Sperrzone vor der Brücke. Die Brücke wurde bewacht. Auf der anderen Seite der Brücke befand sich die Haltestelle des Regionalzuges. Die bewaffneten Wachposten ließen mich über die Brücke gehen, wenn ich mit dem Abendzug aus Iwano-Frankiwsk kam und zwei kleine Kinder auf dem Arm hatte, die schon schliefen. An einem nebeligen Morgen liefen Marjana und ich über die Brücke, um den Zug nicht zu verpassen. Wir sahen keinen Wachposten und konnten niemanden um Erlaubnis bitten. Als wir schon halb über die Brücke waren, tauchte hinter uns ein Wachposten auf, den wir nicht kannten. Er richtete das Maschinengewehr auf uns und befahl, die Brücke schleunigst zu verlassen. Wir beschlossen, daß es besser sei, erschossen zu werden, als aus dieser Höhe zu springen, und gingen, ohne uns umzusehen, auf die andere Seite. Einer der Posten unserer Division wurde mit einer kleinkalibrigen Waffe erschossen, nur weil man auf sein Maschinengewehr scharf gewesen war. In der Stadt wurde der Ausnahmezustand verhängt. An allen Stadtausfahrten standen unsere BTRs, ein Militärlaster versorgte die Soldaten mit Frühstück, Mittagessen und Abendessen. Am Ende wurden die Mörder in irgendwelchen Gärten am Stadtrand ausfindig gemacht, und die Infanterie veranstaltete, nachdem sie die Mörder in die Enge getrieben hatte, eine regelrechte Treibjagd. Als ich auf einem Parkplatz mit eingemotteten gepanzerten Zugmaschinen Wache schieben mußte, kam ein verletzter Storch zu unserem Posten geflogen. Wir nahmen ihn mit ins Wachhäuschen, wärmten und fütterten ihn, bis er ein paar Tage später weiterfliegen konnte. Aus der Nähe sah er kleiner aus als am Himmel. Die Abschiedsfeder des Storches steckte in meinem Truppenausweis, bis sie von Parasiten zerfressen wurde. Unsere Truppenausweise verbrannten wir während der Studentenrevolte. Die Protestbewegung der Studenten begann damit, daß wir uns – als wir achtundachtzig, nach zwei Jahren Wehrdienst, an die Universität zurückkehrten – weigerten, Lehrveranstaltungen am

Militärlehrstuhl der Universität zu besuchen. Und so sind wir keine Offiziere geworden. Onkel Wlodko rief Vater in Iwano-Frankiwsk an, damit er mich davon abbrachte, die militärische Ausbildung zu verweigern. Falls es irgendwelche Unruhen gibt, sagte er, und Taras umkommt, kriegt die Familie eine viel höhere Pension, wenn er als Offizier stirbt. Einmal sprachen mein Vater und ich nachts darüber, und Vater räumte ein, daß nun die Zeit meiner Generation und meiner Entscheidung gekommen sei. Wenn du es für notwendig hältst, kannst du auch ins Gefängnis gehen,

brachte Vater es unsentimental auf den Punkt. An diesen nächtlichen Gesprächen, bei denen wir unsere Meinungen zu den wichtigsten Themen austauschten, störte mich am meisten, daß Vater eine Zigarette nach der anderen rauchte, was ich mir in seiner Gegenwart nicht erlauben konnte. Damals gab er mir eine Stange echter Marlboro, die er aus Amerika bekommen hatte. Während einer nächtlichen Autofahrt gemeinsam mit Vater zu rauchen, das wird für immer einer meiner wenigen unerfüllten Träume bleiben. Und das, obwohl ich Zigaretten in meiner frühen Kindheit gerade deswegen haßte, weil Vater im Auto rauchte. Zum letzten Mal rauchte Vater bei seinem vorletzten Krankenhausaufenthalt, einfach im Zimmer; dabei blies er den Rauch so die Wand hinauf, daß er sich an der Decke sammelte und nicht zu riechen war. Diesen Trick aus Tschita hatte Vater auch schon während des Schulunterrichts in Deljatyn angewandt. Es war ein seltsamer Tag. Ich übernachtete bei Vater im Krankenhaus. In der Nacht bat Vater um eine Zigarette, versuchte zu rauchen und begriff, daß er es nicht mehr konnte. Gegen Morgen starb im Nebenzimmer ein Mann.

Er war sehr schwer, und ich half den Schwestern, den Toten auf eine Bahre zu legen, ihn in die Leichenhalle des Krankenhauses zu schieben und den Körper auf einen speziellen Tisch zu heben. Tagsüber versuchte ich, Vaters Fieber mit Essigumschlägen auf der Stirn und um die Handgelenke zu senken. Am Abend ging ich nach Hause, um ein wenig zu schlafen. Unser jüngerer Sohn fiel aus dem Bett und holte sich eine Platzwunde auf der Stirn. Wir fuhren mit der Rettung in die Kinderklinik. Der diensthabende Chirurg war betrunken. Die OP-Schwester hatte Besuch von ihrem Verlobten, und sie liebten sich in einem freien Zimmer irgendwo im Krankenhaus. Es gab kein Novocain. Der Chirurg war einverstanden, sich von mir assistieren zu lassen, und wir nähten die Wunde erfolgreich mit ein paar Stichen, dabei mußten wir sowohl meinen Sohn als auch die Nadel gut festhalten. Nach der Operation lud mich der Doktor auf ein Gläschen ein, gratulierte mir zur Initiation und gab mir Fünfzigtausend fürs Taxi, denn der Rettungswagen war längst beim nächsten Einsatz. Ein Jahr lang fuhr Vater einen alten fünftürigen Wolga, den die

Rettung ausgesondert hatte, als Dienstwagen; solche Rettungsautos gab es, bis die Wagen der Rigaer Automobilfabrik aufkamen. Die Scheiben der vorderen Seitenfenster klemmten ständig. Wir hatten damals eine Luftdruckpistole. Auf der Rückfahrt von Deljatyn lehnte ich mich halb aus dem Fenster und zielte bei voller Geschwindigkeit auf Dinge, die Vater mir vorgab, meist auf Verkehrsschilder. Die Pistole begleitete meinen Bruder und mich mehrere Jahre lang. Wir stellten in unserem Zimmer leere Zündholzschachteln auf den Ofen und feuerten vor dem Einschlafen

jeder ein paar Schüsse ab, einfach vom Bett aus. Nach dem Aufwachen nahmen wir uns die restlichen Schachteln vor. Jurko schoß absichtlich in die Wand, so daß dort mit der Zeit das Monogramm von Queen Victoria entstand, denn so hatte es Sherlock Holmes gemacht. Jurko kannte die Geschichten von Sherlock Holmes bis ins kleinste Detail, er konnte fehlerlos die Nachnamen sämtlicher Protagonisten nennen, sogar jene der Nebenfiguren, ebenso alle Toponyme, und er wußte, wie alle Anwesen, Gehöfte und Schlösser hießen, die in irgendeiner der Geschichten vorkamen.

Sherlock Holmes weckte seinen Wissensdurst. Jurko begann sich mit Kunstgeschichte zu beschäftigen, mit Architektur, Landeskunde, Kriminalistik, Logik, Heraldik, mit den historischen Hilfswissenschaften, mit diplomatischer Etikette und diplomatischem Protokoll und mit der Terminologie verschiedenster Wissensbereiche. Er kennt Hunderte von Weinsorten. Auf einem speziellen Bogen Papier notierte Jurko die Namen von Schriftstellern und ihre Werke, die er aus allen ihm zugänglichen Quellen zusammentrug. Er interessierte sich nur für Autoren, die vor dem

Ersten Weltkrieg geschrieben hatten und keine Ukrainer oder Russen waren. Als er fünfzehn Jahre alt war, umfaßte die Liste zweitausend Autoren. Der einzige gute Ukrainischlehrer ging jeden Tag mit Jurko ins Theater, zu allen klassischen Konzerten und in alle Kunstausstellungen. Bei Gastspielen fremder Theaterensembles schauten wir uns ein und dieselbe Vorstellung zwei oder drei Mal an, wenn in den Hauptrollen verschiedene Schauspieler auftraten. Nach der Vorstellung mußten Jurko und ich den Schauspielern Sträuße langstieliger Margeriten überreichen, die

der Lehrer zuvor in einem Eimer mit Wasser aus seinem Gemüsegarten geholt hatte. In seinem Gemüsegärtchen standen eine Weide aus Kaniw und eine Apollon-Büste. Im Klassenzimmer des Lehrers lag auf jedem Tisch eine Auswahl der wichtigsten Wörterbücher, er verlangte von uns, daß wir schnell in Druckschrift schreiben konnten und ein Notizbüchlein mit lateinischen Zitaten führten. Nur in seinem Unterricht erschien uns die ukrainische Literatur sympathisch. Eine andere Lehrerin nannte uns verkommene Intelligenzija, bourgeoise Nationalisten, und wir mußten

endlose Diktate aus Breschnews Büchern *Das kleine Land*, *Wiedergeburt*, *Neuland* und *Erinnerungen* schreiben. Sie sammelte sogar Geld ein, um für jeden Schüler eine Gesamtausgabe dieses Schwachsinns zu kaufen. In unserer Klasse standen ein Plattenspieler und eine Auswahl an Platten mit Breschnews Reden. Wir hörten uns Breschnews Geschmatze gern mit doppelter Geschwindigkeit an. Plötzlich drehte sich alles nur noch um das Ernährungsprogramm der KPdSU, und wir nahmen seine Aspekte in Geographie, Biologie, Geschichte, Chemie und Physik durch.

Und natürlich mußten wir in Ukrainisch Diktate danach schreiben. In der fünften Klasse, als ich begann, ernsthaft Leichtathletik zu trainieren, hörte ich auf, meine Hausaufgaben zu machen. Damals hörte ich auch auf, Mathematik zu verstehen, und verbrachte den Rest meiner Schulzeit in vollkommener mathematischer Dunkelheit. Unsere Mathematiklehrerin – sie war jung und ließ manche Schüler aus den höheren Klassen zu nahe an sich heran – kontrollierte jede Stunde die Hausaufgaben. Deshalb begann mein Schultag viele Jahre hindurch auf einer Fensterbank im

Gang, wo ich mich beeilen mußte, die gelösten Rechenbeispiele aus dem Heft einer Mitschülerin abzuschreiben. Nur die vier Grundrechenarten beherrschte ich bestens. Später, in den Bars, benutzte ich nie einen Taschenrechner und verrechnete mich trotzdem kein einziges Mal. Ohne etwas aufzuschreiben, konnte ich sofort eine Summe in der Größenordnung von einigen Hunderttausenden oder Millionen nennen; manche Gäste vermuteten dahinter einen Barkeeper-Trick, mit dem ich sie um ein paar Tausend brachte. Dabei nahmen wir für eine Tasse Kaffee sogar mehr Pulver,

als im Preis vorgesehen war. Wir arbeiteten in verschiedenen Bars, aber die Kaffeeliebhaber wechselten mit uns von einer zur anderen. Außerdem legten wir immer richtig gute Musik auf und brachten so den Leuten in Iwano-Frankiwsk Rock 'n' Roll, Reggae, Blues, Jazz und Ethno näher. Meine Kollegin und ich verließen sogar unseren Platz hinter der Bar und tanzten, um die Stimmung anzuheizen. Wollten die Leute aber ein langes, stilles Besäufnis, spielten wir Tom Waits oder Element of Crime. Nach der Sperrstunde versammelten sich mitten in der Nacht Barkeeper aus der ganzen Stadt bei uns, um ein wenig Zeit auf der anderen Seite der Barrikade zu verbringen. Unser erster Arbeitsplatz – ein richtig gemütliches Holzhäuschen am Ende des städtischen Parks – wurde eines Nachts aufgrund eines Mißverständnisses mit dem Eigentümer in Brand gesteckt. All der Kleinkram, mit dem wir die Bar dekoriert hatten, verbrannte: große Fotos von der Stadt Salischtschykyj aus der Zeit vor dem Krieg, Avantgardeplakate aus Prag, mein privater Plattenspieler inklusive Plattensammlung, Sträußchen aus Mohnkapseln, Knoblauchzöpfe und ein Bund Marihuana von der Krim. Sogar das alte huzulische Messingkreuz über dem Eingang zerschmolz. Das Feuer zerstörte auch das zerlöcherte, von Salischtschykyj verdeckte Brett, auf das die Gäste mit Messern werfen durften, um sich abzureagieren. Die Bar war der erste Ort in Iwano-Frankiwsk, wo man Glühwein bekam. Wir trieben große Mengen billigen spanischen Meßwein auf. Er kam in Kartons. Damals war es sehr leicht, die Kanäle der internationalen humanitären Hilfe anzuzapfen. Jurko hatte einen Berg verwaschener weißer Hemden, leicht und exquisit, mit Spitze, Perlmuttknöpfen und eingestickten Monogrammen zu Hause; diejenigen, denen die Hilfe hätte zukommen sollen, wollten die Hemden nicht haben. Wir sahen darin aus wie Europäer, die in den Opiumhöhlen Indochinas gestrandet waren. Jurko bekam irgendwo einen ganzen Sack Werbepäckchen der herrlichen Benson & Hedges, in jedem Päckchen waren drei Zigaretten. Im Café gegenüber unserem Haus verkaufte jemand in großen Mengen die Soldatenzigaretten Gauloise Caporal, deren Päckchen sich seit 1927 nicht verändert hatten. Diese Sorte kannte damals niemand; die Inflation ließ ihren Wert auf den von Streichhölzern sinken, und so rauchte ich, als ich arbeitslos war, ein paar Monate lang die besten französischen Zigaretten. Vater und ich machten köstlichen Kalyna-Wein; in einem der unbenützten Zimmer gab es nur 10-Liter-Ballons mit rosarotem Wein, eine restaurierte Kommode und die ausgewaschenen und ausgekochten Windeln des kleinen Mark auf Wäscheleinen. Auf der Kommode standen zwei unterschiedliche, meist ungewaschene Gläser, aus denen wir tagsüber Wein tranken. Onkel Mychas machte Wein aus weißen Johannisbeeren, dabei wandte er die Technologie der wiederholten Gärung an. Er füllte den Wein in exotische Flaschen ab – ein paar hatten eine Prägung mit dem kaiserlich-königlichen Wappen, Symbol des Hoflieferanten – und lagerte sie in einem Regal im größten Keller. In verschiedenen Winkeln des Hauses gab es zwei winzige Kellerlöcher, die perfekt getarnt waren. In einem davon waren Mühlsteine versteckt. Der Onkel hatte auch ein System entwickelt, mit dem man die Leiter zum Dachboden an einem versteckten Seil hinaufziehen und wieder hinunterlassen konnte. Siebenundzwanzig Jahre lang – vom ersten Tag seiner Rückkehr bis zu seinem Tod – machte Onkel Mychas täglich Notizen. Jeden Tag machte er Aufzeichnungen über das Wetter, Hausarbeiten, Ankunft und Abreise von Freunden und Verwandten, das zunehmende Ausmaß seiner Leiden; jedes Jahr hielt er fest, wieviel Heu, Brennholz, Grummet, Äpfel, Tomaten, Kartoffeln, Johannisbeerwein, Nüsse und Pflaumen insgesamt verbraucht worden waren. Dazwischen fanden sich Rezepte für Heilsalben und für Mischungen zum Inhalieren. Tante Mira sammelte in extra

Heften ukrainische Nachnamen und systematisierte sie nach bestimmten Kriterien. Großvater Bohdan errechnete die maximale Länge von Stromleitungen zwischen zwei Masten. Später interessierte er sich für Semmelweis, den ungarischen Arzt, der als erster Antiseptika einsetzte, woraufhin die Sterblichkeit von Neugeborenen und Wöchnerinnen sofort um ein Vielfaches zurückging. Großvater nahm Kontakt mit Budapester Archiven auf, die ihm alle verfügbaren Fotos von Semmelweis schickten. Er begann Material für ein Buch zu sammeln. Zum elften Geburtstag schenkte mir Vater eine Uhr. Auf die Innenseite des Armbandes schrieb ich meine Glücksformeln. Die seltsamste war: Lesen – Obst – fremde Länder. Die einfachste: ruhiges Gewissen – geliebte Menschen – ein eigenes Reich. Und die letzte: Bewegung – Liebe – Natur. Ich wollte Journalist werden und Essays über das Leben der Natur schreiben. Aber sowjetischer Journalist zu werden kam nicht in Frage, und ich wurde Botaniker. Erst zehn Jahre später begann ich für die Presse zu arbeiten. Ich hatte nie ein Problem, die unterschiedlichsten Jobs anzunehmen, denn ich wußte, daß ich jederzeit in meinen ursprünglichen Beruf zurückkehren konnte. Ein guter Freund lieh sich sehr viel Geld von mir und brannte nach Amerika durch. Um den Verlust irgendwie gutzumachen, verschaffte mir seine Mutter einen Job als Nachtwächter und Hausmeister in einem Kindergarten. Der Lohn war so niedrig, daß ich dreißig Jahre hätte arbeiten müssen, um die ausgeliehene Summe zu verdienen. Der Kindergarten befand sich in einem alten Palast. Nachts waren in den leeren Gängen und Schlafsälen undeutliche Kinderstimmen und Schritte zu hören. Ich schlief, umgeben von Spielsachen, im Musik- und Tanzraum auf dem Boden. Auch das Pianino gab Geräusche von sich. Im Morgengrauen fegte ich Laub. Es klebte an den nassen Pflastersteinen. Das Laub verschiedener Bäume und Sträucher muß man auf unterschiedliche Weise fegen. In jenem Jahr fiel mehr Schnee als jemals sonst in der jüngeren Geschichte. Wenn ich mit der Schaufel das eine Ende des Weges erreicht hatte, war das andere Ende schon wieder zugeschneit. Die Kinder und ihre Eltern konnten sich kaum einen Weg durch die Schneewehen bahnen. Der Gespenster wegen lud ich immer Gäste in den Kindergarten ein. Wir lagen in zu kurzen Betten und tranken Wein. An einem Abend hatten mehrere meiner Gäste gleichzeitig ihre Tage; am nächsten Morgen wurde ich wegen ein paar Tampons, die in den Kinderklos schwammen, hinausgeworfen. Ein Freund schickte mir aus Amerika ein teures T-Shirt. Seinetwegen wurde einen ganzen Monat lang niemandem aus Iwano-Frankiwsk ein amerikanisches Visum ausgestellt. Der Freund hatte durch die Protektion einer Autorität eine große Summe für sein Visum vereinbart. Er bekam, was er wollte, und legte die Geldübergabe für eine Stunde nach Abflug seiner Maschine fest. Jahre davor hatte er irgendwo aufgeschnappt, daß aus Stierpenissen teure Medikamente hergestellt werden. Er bat mich um Hilfe, und wir tauschten bei den verwunderten Angestellten des Fleischkombinats einen Karton Wodka gegen ein paar Säcke Penisse. Diese verteilte er auf die Kühlschränke seiner Freunde und machte sich auf die Suche nach einem Käufer. Bald stellte sich heraus, daß die Sache veraltet war und sich niemand mehr dafür interessierte. Wir brachten unsere Ware zum

Müll. Die Straßenköter müssen etwas gerochen haben, und wenige Minuten später preschte eine ganze Hundemeute mit Penissen im Maul die Straße hinunter. In Zeiten, als es keinen Kaffee gab, gingen wir nachts zum größten Hotel der Stadt, fuhren in den letzten Stock, bestellten beim Zimmermädchen zwei Tassen Kaffee und betrachteten von oben die dunklen Straßen. Einer meiner Freunde hielt die Zigaretten nicht zwischen den Fingern, sondern klemmte sie zwischen die Zähne eines Kammes mit Griff, denn seine Mutter sollte nicht erfahren, daß er raucht. Solche Kämme

ragten in den Siebzigern aus den hinteren Taschen der Jeans. In der Hand trug man Transistorradios, um die Hüften band man sich aufgeknöpfte, bunte Hemden. Ungarische Arbeiter verlegten eine Gasleitung, die Kinder bettelten den Magyaren Pedro- und Donald-Duck-Kaugummis ab, Teenager kauften Kondome und Marlboros bei ihnen, für irgendwelche Anlässe versuchte man, Orangeade und Pepsi in Einliterflaschen aufzutreiben, und die städtische Elite bekam Wohnungen in einem von den Ungarn gebauten Haus mit Garage und Gegensprechanlage. Der Verfall

ging so weit, daß viele galizische Familien den ersten Mai und den siebten November zu Hause feierten. Ich weigerte mich, in den Novemberferien an der Ehrenwache beim Tschekisten-Denkmal teilzunehmen, denn ich mußte unbedingt für ein paar Tage ins herbstliche Deljatyn fahren. Die Wache war freiwillig, aber die Mitglieder des Elternkomitees, die Mütter meiner Freunde, verkündeten lauthals, daß persönliches Besitzstreben das Gefühl der Dankbarkeit den ermordeten Tschekisten gegenüber nicht übersteigen dürfte. Bei der Novemberparade standen wir ein paar

Stunden auf dem uns zugewiesenen Abschnitt einer bestimmten Straße und warteten darauf, endlich an der Tribüne vorbeiziehen zu können. Wir hielten Stecken mit Luftballons in der Hand. Während wir warteten, vertrieben wir uns die Zeit damit, einander die Luftballons kaputtzumachen. Als wir an der Tribüne vorbeizogen, hatte unsere Klasse nur noch ein paar wenige blaue und gelbe Luftballons, die nicht zerplatzt waren. Mit der Untersuchung befaßte sich das städtische Parteikomitee. Man verbot uns, an der geplanten Exkursion nach Moskau teilzunehmen;

dabei hatten die Jungen extra ein Aphrodisiakum aufgetrieben, und zwar bei einem Tierarzt, das auf der Fahrt an den Mitschülerinnen ausprobiert werden sollte. Nachts rief mich der Osobist mehrmals zu einem Gespräch zu sich und bot mir an, an der Fakultät für Fernmeldewesen der KGB-Hochschule zu studieren. Er garantierte, daß es mir an Geld und Bräuten nicht fehlen werde und ich oft ins Ausland kommen würde. Ich hatte die Erlaubnis, mit verschlüsseltem Funk zu arbeiten. Wir hatten Köfferchen mit seltsamen Metallplatten, die in einer bestimmten Reihenfolge in das Kodiergerät der Funkanlage eingelegt wurden. Jeden Montag erhielten wir in der geheimen Einheit wie Lotteriescheine verpackte Papiere, die die Abfolge der Platten für die folgende Woche vorgaben. Wenn wir Einsätze fuhren, bekamen wir immer ein Maschinengewehr und Munition, um unser Köfferchen verteidigen zu können. Vergehen gegen die Geheimhaltungsregeln wurden mit bis zu zehn Jahren Freiheitsentzug bestraft. Während einer großangelegten Übung hatte ein BTR inmitten von Wäldern und Sümpfen eine Panne. Die Truppe eilte weiter, ohne den Verlust zu bemerken. Die Besatzung lebte eine ganze Woche lang im gefrorenen Eisen. Dann schlossen sie den Wagen ab und gingen in ein Dorf, um sich aufzuwärmen und etwas zu essen. Das Köfferchen nahmen sie mit. Trotzdem wollte der KGB den Feldwebel nach dem Manöver einlochen, weil er die geheime Apparatur unbewacht zurückgelassen hatte. Die offizielle Bezeichnung unseres Bataillons war MU und Pr. Die Bezeichnung des Maschinengewehrs war AKSU. Es gab drei Arten von Reklameaufschriften: Margarine ist billig, gut und gesund; machen Sie Gebrauch vom Angebot der staatlichen Versicherungsanstalt; fliegen Sie mit Aeroflot. 1990 war die schlimmste Zigarettenkrise. Damals gab es am Markt 3-Liter-Einmachgläser voller Zigarettenstummel zu kaufen. Als Renata, Jolanta, Dorota, Agnieszka, Dorota, Małgosza, Joanna und Beata aus Lublin zum Botanikpraktikum kamen, reichte ein halbes Päckchen KARO, um einen Bus von Worochta bis zum Dorf Vierzehnter Kilometer zu mieten. Adrian und ich gingen jeden Tag mit ihnen in die Berge, aber die Mädchen weigerten sich, im Naturschutzgebiet Pflanzen für ihr Herbarium zu sammeln. Adrian war mein Lehrer, er war jung und der beste Florist in der Westukraine. Die Mädchen gaben ihr ganzes Taschengeld für Sekt aus, den wir mit dem Bus zu einer Forschungsstation der Universität oben in den Bergen brachten. Adrian war der Betreuer meiner wissenschaftlichen Arbeit, wir fuhren mit seinem Auto durch Lemberg, teilten die Stadt in historisch-zivilisatorische Zonen ein und machten Aufzeichnungen über die Flora der alten Parks, der Dächer und Regenrinnen, Gleise und Müllhalden, privaten Gärten und von Fabrikgeländen. Das Botanikinstitut befand sich im ältesten Teil der Universität. Im Institut standen österreichische Schränke, voll mit alten Büchern, Herbarbögen und Feuchtpräparaten; es war kühl, die Fenster gingen auf den botanischen Garten hinaus, in dem ein Gingko und ein Tulpenbaum wuchsen. Im Garten liefen Hunde mit künstlich angelegten Fisteln am Bauch herum. Ein anderes Fenster ging auf den Innenhof der stillgelegten Nikolauskirche hinaus. In einem der Hörsäle stand ein altes Weinbach-Pianino, dem die Hälfte der Saiten fehlte; Fazyk, Mazyk und ich spielten sechshändig nach Samisdat-Noten Beatles-Songs. Mazyk hatte eine Vorliebe für Fußball, Eis und Filme mit Sophie Marceau. Ich spielte für die Fakultät Basketball. Ich war weiß. Außer mir spielten ein schwarzblauer Guineer, ein schokoladebrauner Madagasse, ein kakaobrauner Kolumbianer und ein gelbroter Bolivianer. Meine Brüder. Es gibt ein schönes Foto, aufgenommen vom Balkon der Sporthalle. Unsere Mannschaft sitzt unten auf einer Bank, auf dem Bild sieht man nur unsere verschiedenfarbigen Knie, united colours. Der Kolumbianer wohnte Zaun an Zaun mit García Márquez, der Bolivianer bekam es mit der Angst zu tun, als wir uns auf dem Gipfel des Mentschyl über dem Zylinder einer Petroleumlampe Zigaretten anzündeten. In den letzten Schuljahren waren wir so begeistert von Basketball, daß wir jeden Tag zwei Stunden vor Unterrichtsbeginn zum Morgentraining kamen, und sonntags spielten wir immer vier Stunden. Sogar zu Hause, wenn mein Bruder und ich etwas Wichtiges besprachen, paßten wir einander im Korridor den Ball zu. Am Flußufer oder am Strand nahmen wir anstelle eines Balls einen großen, schweren Stein, den zu werfen und zu fangen gar nicht so einfach war. Auf ähnliche Weise brachten wir unserer Krähe Halja das Fliegen bei. Mutter hatte sie am Hauptplatz gefunden. Auch alle anderen Tiere hatte uns der Zufall geschenkt. Die Hündin Muschka bekam ihren Namen zu Ehren des Schäferhundes Muschka, der uns nach dem Tod von Onkel Taras, Großvater Bohdans und Tante Miras Bruder, von dessen Burschen gebracht wurde, zusammen mit einer Geige. Der Onkel war 1915 als Freiwilliger zu den Ukrainischen Sitsch-Schützen gegangen,

diente in der UHA und starb im Todesviereck an Typhus. Großvater Bohdan war damals in italienischer Gefangenschaft. Zwei Jahre lang aß er nichts als Orangen und gelegentlich Fisch. Die Hündin Schutschka lief Vater in Nadwirna zu, wenig später brachte sie Wolfsjunge zur Welt. Unsere Katze wurde von Tante Mira auf dem Friedhof aufgelesen. Ihr blindes Auge hatte bis an ihr Lebensende einen ganz eigenen Schimmer. Die Katze konnte zur Klinke hochspringen und die Tür öffnen. Sie schlief auf dem hohen Ofen, drehte jedes Mal durch, wenn sie hörte, daß ein

Ei aufgeschlagen wurde, und liebte es, über die Tasten des Klaviers zu spazieren. Mein Freund verliebte sich in sie wie in eine Frau, die es nicht gibt. Der Hund Rudko hatte von selbst beschlossen, neben unserem Haus zu leben. Er bewachte es so gut, daß uns der Briefträger die Post nicht mehr brachte; Onkel Mychas ging immer mit einer Tasse Wasser in der Hand über den Hof, da Rudko irrtümlich auch die Seinigen biß, sich aber vor Wasser fürchtete. Als der Onkel ein Kind war, hatten sie einen Habicht im Haus. Später brannte das Haus ab, weil aus dem Schornstein einer

Dampflok ein Funke darauf übergesprungen war. Onkel Mychas erste Frau war Karolina, eine Polin aus Deljatyn. Sie hatten eine Tochter. Dreiundvierzig meldete er sich zur Division Galizien. So konnte er seine nicht-ukrainische Familie schützen, als in unserer Gegend die zwischennationalen Konflikte ausbrachen. Er war einundvierzig Jahre alt. Hinter Brody machte er sich auf den Heimweg, fiel aber einer Rekrutierungskommission in die Hände, die den Soldaten gefolgt war und galizische Männer einzog. Onkel Mychas hatte auf der Schulter einen Pfeil eintätowiert, der in der deutschen Wehrmacht eine bestimmte Blutgruppe bezeichnete. Anstatt zu kämpfen, kam der Onkel in ein Strafbataillon und wurde zur Zwangsarbeit nach Kasachstan deportiert. Bis zum Ende seines Arbeitseinsatzes baute Onkel Mychas in Korkinugol im Tagebau Kohle ab. In der Zwischenzeit nutzten Karolina und ihre Tochter die Gelegenheit, nach Polen auszureisen. Wieder zu Hause, mußte sich der Onkel verstecken. Als er einmal nach Deljatyn fuhr, wurde er gesehen und sofort ausgeliefert. Man hielt den Onkel für einen, der in Deutschland gearbeitet hatte, und schickte ihn nach Tschita. Er versuchte, mit Karolina Kontakt aufzunehmen, aber der geheime Zensor des Innenministeriums, Leopold Abseger, der den Briefverkehr überwachte, drehte die Sache so, daß Onkel Mychas Ehefrau nur dessen ersten Brief bekam, in dem er schrieb, daß es ihm gutgehe. Alle weiteren Briefe verblieben beim Zensor, der Onkel erhielt Karolinas verzweifelte Bitten zu antworten und ihre Beteuerungen, er werde erwartet, dann kamen Vorwürfe, Anschuldigungen und schließlich der Abschied. Großmutter Zonja wurde verhaftet, als Robert, der berüchtigte Anführer der UPA, in einer Spezialoperation liquidiert werden sollte. Irgendwer kam auf die Idee, Robert Prachaska sei dieser Robert, und man könne ihn über seine Frau ausfindig machen. Großmutter wurde sogar von falschen UPA-Kämpfern befreit, in einem falschen Bunker versteckt und gefragt, wie man sie zu ihrem Mann bringen könne. Großmutter lernte Onkel Mychas in Tschita kennen, danach lebten sie noch dreißig Jahre miteinander in Deljatyn. Großmutter Zonja hat Onkel Mychas um dreizehn Jahre überlebt und

meinen Vater, ihren Sohn, um drei Wochen. Sie ist am Kummer gestorben. Seitdem sind neun Jahre vergangen. Jeden Sommer sind wir mit den Kindern in Deljatyn in unserem Häuschen, das auf einer Anhöhe steht. Die unterschiedlichsten Leute kommen zu Besuch. Einmal haben eine Woche lang achtzehn Personen gleichzeitig bei uns gewohnt. Letztes Jahr ist der schönste Renettenbaum umgefallen, er war sechsundfünfzig gepflanzt worden. Romko Ros kam in Stiefeln, die einer Last von drei Tonnen standhalten können …

Wie ich aufhörte Schriftsteller zu sein

I

Hätte meine Zenlehrerin recht gehabt, wäre alles ganz anders gekommen. Es hätte, wie sie sagte, ein Hier und Jetzt gegeben. Wir wären zusammen. Wir würden mit dem Zug zu unserem Häuschen in den Bergen fahren. Wir würden das Häuschen betreten und die Tür von innen verschließen, ohne uns zu erinnern, wie wir hierher gefahren, gegangen sind und was vorher war. Wir würden ein wenig einheizen und das mitgebrachte Essen auspacken. Es wäre Winter. Es wäre kalt. Es wären uns unbekannte Sterne am Himmel. Es wäre dunkel. Noch kälter wäre es im Bett. Die Wärme des Ofens würde gerade mal bis zum Morgen reichen, den es hier nicht gibt, denn der Zug fährt noch bei Dunkelheit ab, bis dahin sind es sechs Stunden. Vor den Fenstern schwarz, nichts, nur Geräusche. Einfache Geräusche – Hunde in der Ferne, der Wind im Wipfel des kahlen Nußbaums, Erde, Wasser und Steine gefrieren, ziehende Wolken verdecken immer wieder andere Fragmente ein und desselben Sternbilds, das gefrorene Gras knirscht, das Holz der Zäune, Wände, Brunnen und Hundehütten dehnt sich aus. Die Fußspuren werden hart, die Schienen jenseits des Gartens ziehen sich zusammen, die Nägel in den Brettern, die Ket-

ten der Brunnen, die bis zum Grundwasser hinabreichen müssen.
Da würde nichts sein. Nur eine Lampe mit kaputtem Schirm über dem Bett. Irgendwelche Kissen, Daunendekken und Wolldecken. Ein Wandteppich, Jugendstil. Ein silbernes Relief mit dem dornengekrönten Haupt Christi, ein anderes mit da Vincis Abendmahl. Die Heilige Familie von Lorenzo Sciarpelloni, eine Reproduktion aus den zwanziger Jahren. Eine garantiert echte Kopie des wundertätigen Bildes der Schwarzen Madonna von Częstochowa, printed in Poland, 1936, hinter Glas, in einem Rahmen mit Resten goldener Farbe. Eine Landschaft von Mychajlo Moroz – ein Berg, verschiedene Bäume, Frühling, Schneeschmelze, weiße, blaue, granatrote, braune, bronzefarbene Flecken und sogar ein bißchen Grün. Eine Studie von Zorij – Krakau, die Planty, ein Turm, ein grüner Kastanienbaum. In den Ecken Spinnweben. Ein ausziehbarer Polstersessel, ein Polstersessel, der sich zu einem Bett ausziehen läßt. Ein Selbstporträt von Schewtschenko, aus einer Zeitschrift ausgeschnitten, mit Passepartout und Rahmen. Ein großer, ovaler Tisch in der Mitte des Zimmers, um den Tisch vier Stühle. Ein Kachelofen mit ockerfarbenen Kacheln. Eine alte Lade neben der Ofentür, darin Holz. Die weiße Tür ins andere Zimmer. Zu schließen mit einer schmalen Messingklinke und einem Riegel in der rechten oberen Ecke. Zwei Fotos, in Farbe der Papst, in Schwarzweiß Omas Schwester auf einer Bank unter einem Apfelbaum. Ein großes Frauenporträt in Pastell. Ein Schrank mit Spiegel, der Spiegel verzerrt jedes Bild. Ein Sofa mit einer verschlissenen Wolldecke in ausgebleichtem Weiß-rot-gelb-schwarzgrün als Überwurf. Die Fenster mit weißen Leinengardinen verhängt. Ein Regal mit vier Fächern voller Bücher

(Montaigne, ein ukrainischer Kalender, botanische Atlanten, ukrainisch-deutsche Wörterbücher, Handbücher über Gartenbau, Blumenzucht, Fotografie, Wrestling, Pomologie, Phänologie, Nahkampf, Uhrmacherkunst, ein Kobsar, die Geschichte der mittelalterlichen Kirche, Stefanyk, Tschechows Tagebücher, Hamsun, Schkljarski, Subtelny, Doktor Faustus, ein Band über tschechische Fotografie aus dem Jahr 1960, eine Samisdat-Ausgabe von Brodsky, auf der Schreibmaschine abgetippt, 1970). Der Boden aus schmalen Brettern, vor sehr langer Zeit rot gestrichen. Die Wände zitronengelb. Die Decke weiß, mit zugegipsten breiten Rissen. Weiterer Blickfang: eine uralte Uhr (ein Meter mal fünfundzwanzig), die einem Rathaus oder einer Kapelle ähnelt, Doc Martens-Stiefel unter dem Nachtkästchen und sechzehn metallene Billardkugeln auf einem zweireihigen Holzgestell am Ofen.

Mit unseren Körpern würden wir die Decke wärmen, wir würden unter ihr atmen, bis sie, von uns angewärmt, unsere Haut warm halten würde, meine und ihre. Die scharfe Grenze zwischen warm und kalt ließe uns Enge empfinden. Hätte meine Zenlehrerin recht gehabt ... Wären wir zusammen, und es gäbe kein Überall und Immer, kein Hier und Jetzt ...

2

Obwohl diese Zeit im Herbst sich besonders gut eignet, noch die allerkleinsten Veränderungen der Jahreszeit so aufzufassen, daß sie sich überaus einfach zu bedeutenden Ereignissen des alltäglichen Lebens machen lassen, bemühe ich mich, nicht allzu viele Details wahrzunehmen. Nicht weil der Herbst eine natürliche Schwermut auslöst, nicht weil ich den Winter hasse und auch nicht, weil es in diesem Herbst wichtigere Dinge gibt. Es ist bloß der kindliche Versuch, der Erinnerung an etwas zu entfliehen, was einem angst macht.

Diese unbestimmte Angst überkommt mich immer dann, wenn ein radikaler Wandel der Lebensumstände bevorsteht, was, wie mir scheint, unweigerlich zweimal pro Jahr der Fall ist. Diese Veränderung besteht im Wechsel vom offenen zum geschlossenen Raum, von Wärme zu Kälte, von Bänken zu Betten, Sandalen zu Stiefeln, von saftigem zu getrocknetem Obst, von Straßen zu Zimmern, von Salaten zu Kartoffeln mit Sauerkraut, von Weißwein zu etwas Stärkerem, von ganztägigen Märschen zu kurzen Fußwegen, von offenen Fenstern zum Heizen und umgekehrt.

Jedesmal braucht es eine gewisse Zeit, um sich zu erinnern, wie man nun leben soll. Etwas Ähnliches passiert, wenn wieder ein Kind geboren wird und es so scheint, als sei nichts von dem, was man sich beim vorigen angeeignet hatte, noch in Erinnerung.

Bei mir werden diese Gefühle durch den Balkon verstärkt. Ein halbes Jahr lang ist er für uns das, was man ein trautes Heim nennt, eine ökologische Nische, das eigene Territorium. Hier spielt sich zwischen Hausmauern und Weinranken unser Leben ab, hierher kommen alle, die uns besuchen. Das Leben auf dem Balkon bedeutet Nicht-Winter.

Schon seit einigen Wochen geschieht auf diesem Balkon etwas, das mich zusätzlich mit Angst erfüllt. Sie rührt nicht daher, daß dieses Etwas – ein Bestandteil des Balkonlebens, das in Kürze abbrechen wird – vielleicht selbst brüchig geworden ist und bald enden könnte. Die Angst sitzt irgendwie tiefer.

Auf dem Balkon lernt M. Tschechisch. Sie lernt es, weil sie leicht Sprachen lernt, weil sie Tschechisch nicht spricht, weil ihr Tschechisch gefällt. Mir gefällt Tschechisch auch. Wenn ich auf den Balkon hinausgehe, erfreue ich mich an den langen und kurzen Vokalen, die eine unvergleichliche Sprachmelodie erzeugen, an der Anhäufung von vier Konsonanten in einem Wort mit vier Lauten. Mir gefällt das scheinbar kindliche Über-Betonungen-Stolpern im Tschechischen, wenn ich auf Fragen aus dem Lehrbuch antworte. Mir kommen die wunderbaren tschechischen Kinderbücher der frühen Siebziger in den Sinn, ihre einzigartige graphische Gestaltung, die damals mehr zählte als die absurden Gedichte wie »dedeček měl kolotoč a snědl jeho červotoč«. Die Eindrücke aus den Bier- und Weinkellern der Prager Arbeiter steigen in mir auf, Orte, die kein Tourist je betreten wird. Ich versuche mir vorzustellen, wie der geliebte Hrabal diese Sätze ausgesprochen hätte ... Eine einzige Freude. Kein Grund, Angst zu haben.

Aber immerhin bin ich zu einem Viertel Tscheche. Und ich weiß bis heute nicht, wieso ich kein Tschechisch spreche. Wieso ich nicht einmal versuche, es zu lernen. Ich weiß nicht, ob in diesem Zusammenhang mein absolutes Ukrainertum nicht genau auf jenes Zurückzieherische hinausläuft, das mich an den Ukrainern nervt. Ich verstehe nicht, wieso ich mich auf so kindische Weise gedrückt habe und noch immer drücke.

Daß mein Großvater nur ein Jahr lang mein Großvater war, daß mein Vater nach dem Tod seines Vaters geboren wurde, und daß mein Vater nie ein zärtliches Wort auf Tschechisch hörte, bedeutet ja nicht, daß er aufgehört hätte, Großvater und Vater zu sein. Schließlich sind der unleugbare Genotyp und der durchaus erkennbare Phänotyp

geblieben. Schließlich wurde er nach seinem Tod sogar Teil der ukrainischen Geschichte, da der NKWD ausgerechnet ihn eine Zeitlang für den ukrainischen Untergrundkämpfer Robert hielt. Schließlich wird meine innere Nähe zu ihm mit den Jahren immer größer.
Trotz alledem unternehme ich, wenn ich auf den Balkon hinausgehe, der bald zum Winterbalkon wird, nicht die geringste Anstrengung, mir auch nur eine Lektion des Tschechischlehrbuches einzuprägen. Ich bemühe mich, nicht an den Wandel der Lebensumstände zu denken und empfinde eine unerklärliche Angst.

3

Als ich Soldat war, machte es mir Spaß, über verschiedene Dinge nachzudenken. Denken war schon deswegen gut, weil das Militär die Sphäre des Denkens nicht berührt, sondern ihm sogar mehr Platz verschafft, als im zivilen Leben dafür vorhanden ist. Außerdem gibt es nicht so viele »verschiedene Dinge«, über die man in seinem Soldatenleben, in der Welt des Soldaten nachdenken könnte, um nur oberflächlich, nicht tiefer über sie nachzudenken. (»A Soldier's Things« ist einer der besten Songs von Tom Waits.)
Damals durfte ein Soldat nur Kleidung besitzen (auch Stiefel und Gürtel kann man als Kleidung bezeichnen, trotz ihrer Polyfunktionalität), das meiste davon wurde wöchentlich ausgewechselt, außerdem zwei Nadeln mit verschiedenen Fäden, einen Truppenausweis sowie Block und Stift (was von einer gewissen Intelligenz des Militärs zeugt, denn zu keiner anderen Zeit meines Lebens hatte

ich ständig Block und Stift bei mir). Im Nachtkästchen konnten und mußten Zahnbürste und Zahnpasta, Seife und Rasierer sein. In einem Spind mit Gittertür befanden sich die Insignien deines Soldatenschicksals: ein Maschinengewehr, ein Täschchen mit Patronen, eine Gasmaske, ein Bajonett und ein Sack für das Ganze. Die Insignien deines Schicksals gehörten dir nicht, aber du gehörtest ihnen, die ganze Zeit über.

Mir gefiel dieser Minimalismus. Noch mehr gefiel es mir, ihn mit einem Minimalismus anderer, privater Natur anzureichern: kleine Messer, zwischen der metallenen Feldflasche mit Trinkbarem und ihrem Filzfutteral versteckt, das Fragment einer Zeichnung des Bruders, unter den Schutzumschlag des Truppenausweises geschoben, ein paar Worte auf den letzten Seiten des Notizbüchleins, die die Eindrücke ganzer Monate oder einzelner Stunden wiedergaben …

Doch nicht nur die zyklische Kulturgeschichte zeugt davon, daß auf die Reinheit eines Stils der Eklektizismus folgt, auf die Moderne die Postmoderne, auf die Renaissance der Manierismus und auf Barock Rokoko. Die Evolution jeder persönlichen Existenz spiegelt mehr oder weniger gelungen den Kampf des Individuellen dagegen, daß das Individuum einer begrenzten Anzahl möglicher Daseinsstile ausgeliefert ist.

Darum verwundert es nicht, daß es ein paar Jahre nach meinem Militärdienst bereits sehr viel von diesem Mitgeschleppten gab. Meine Taschen, Rucksäcke, ja sogar mein Körper waren mit diversem brauchbarem und unbrauchbarem Kleinkram vollgestopft. An jedem Ort der Erde konnte ich innerhalb weniger Minuten meine persönliche Welt der Dinge ausbreiten, in ihrer Reichhaltigkeit unterschied

sie sich nur wenig von jener des Hauses, in dem ich geboren wurde und den Großteil meiner bewußt erlebten Jahre verbracht habe.
Möglicherweise wäre es bis heute so, hätte es nicht einen glücklichen Zufall gegeben. Einmal wurde ich von gewissenhaften Polizisten festgenommen, die eine Liste der für die Dauer des Gewahrsams abgenommenen Dinge zusammenstellten. Damals begriff ich, wie ich Kriminalisten, Autoren und Leser von Verbrechenschroniken, die eigene Familie (falls sie den ganzen Ramsch laut Liste abholen müßte) und mich selbst hätte zum Wahnsinn treiben können. Über diese Dinge oberflächlich nachzudenken war unmöglich.
Seit vielen Jahren, in welchem Augenblick man die Zeit auch anhält, wird man in meinen Taschen keinen Gegenstand finden, der unmittelbar auf eine Gewohnheit hindeuten würde. Da sind nur Zigaretten, die ein beträchtlicher Teil der Ukrainer raucht, ein paar Geldscheine und Münzen, die auf dem gesamten Gebiet der Ukraine in Umlauf sind, ein Klappmesser, mit dem man fast alles machen kann, ohne dabei irgendwelche Gesetze zu verletzen, und Wohnungsschlüssel ohne Adreßschildchen. Keine Fotos, Kreditkarten, Notizen und Notizbüchlein, Bleistifte, Mundstücke, Uhren mit Widmung oder Ringe mit Namen und Datum, Medaillons mit Portrait, Kalender mit markierten Tagen, Zigarettenetuis, keine Schlagringe, Gifte, Schmerzmittel und Visitenkarten, keine Ausweise ... Sogar den Paß dabeizuhaben erscheint mir als erniedrigender Komfort, komfortable Erniedrigung.
Ganz anders ist es mit einem Feuerzeug.
Das billigste Einwegfeuerzeug ist vor allem eine ebenso perfekte Feuerquelle wie das wertvollste Feuerzeug – das

Werk eines bedeutenden Künstlers (mit einem Feuerzeug lassen sich übrigens viele Situationen im Leben zum Besseren wenden, nicht schlechter, als es den Spezialeinsatzkräften mit Kondomen gelingt).

Das Einwegfeuerzeug in der Farbe, die man dir ausgesucht hat, ist der Passierschein in eine andere Welt. Eine Welt, in der alles von deiner Wahl abhängt. Eine Welt ohne Wahlmöglichkeit in dem Sinn, daß man keine Wahl hat, weil es nichts gibt, woraus man auswählen könnte, weil es nichts auszuwählen gibt, weil alles schon ausgewählt wurde. Denn es gibt nichts, was man ausschlagen könnte.

Das Einwegfeuerzeug dient, wenn man ihm Beachtung schenkt, als täglicher Passierschein in die literarische Praxis. Indem man lernt zu beschreiben, wie das eigene Feuerzeug aussehen könnte, erhält man alle möglichen Feuerzeuge der Welt.

Die Notwendigkeit, sich an bestimmte Dinge zu klammern, verschwindet erst dann, wenn du dir vorstellen kannst, wie sich Dinge anfühlen, die du nie wirst berühren können. Und du begreifst, daß nur, was in deiner Vorstellung existiert, das vollständigste, verläßlichste Eigentum ist.

4

In den letzten Julitagen hatten wir einen angenehmen und willkommenen Gast. Wir lernten Peter auf neutralem Boden kennen, in Krakau. Für das Kennenlernen ist das gleichzeitig gut und schlecht. Des heimatlichen Rückhalts beraubt, steht der Mensch für sich selbst, etwas an ihm fehlt jedoch. Auf jeden Fall haben wir uns gefunden, wir waren uns sympathisch und schlossen Freundschaft.

Peter lebt in Berlin. Er ist ein echter Schriftsteller. Das heißt, er erfüllt eine einzige gesellschaftliche Funktion. Er erdenkt, schreibt und publiziert Romane. Im Unterschied zu den meisten Schriftstellern bei uns hat er an einem Literaturinstitut studiert. Er ist talentiert und intelligent genug, daß sein Schreiben von der Fachausbildung keinen Schaden nahm, im Gegenteil, es hat davon profitiert. Ein weiterer unbestreitbarer Vorzug besteht darin, daß er Steinmetz war, bevor er Schriftsteller wurde. Ebenfalls mit abgeschlossener Ausbildung. Und daß er genauso gern mit Stein gearbeitet hat wie jetzt mit Sätzen (manche seiner Sätze sind so schön, daß es ihm gelegentlich leid tue, sie nicht materialisieren zu können, zumindest für eine einzige gemeinsame Nacht, wie sich ein bekannter Kritiker ausdrückte). Peter beherrscht es, Details zu sehen, sie mit der Geschichte anderer Details zu umspinnen und so ein buntes Geflecht erfundener Literatur über nicht erfundenes Leben zu schaffen. Es ist bezeichnend, daß wir nie über Literatur sprachen, es gab genug andere gemeinsame Interessen.

Es war sehr einfach und erfreulich, mit Peter zu kommunizieren. Seine Toleranz in sprachlichen Dingen ist untypisch für Deutsche. Mit ihm kann man sich in Infinitivsätzen unterhalten, fehlerhaft, mehr schlecht als recht, mit einzelnen Wörtern, mit Gesten, Mimik und Hilfslauten, indem man auf Gegenstände zeigt. Er verstand alles und machte sich ebenfalls verständlich, indem er vereinfachte, erklärte, verkürzte, wiederholte, langsamer sprach, etwas mit den Händen zeigte und lachte. Jedenfalls unterschieden auch meine Kinder ihn, als sie nach Krakau kamen, sofort von den anderen Ausländern, empfanden keine Fremdheit. Von allen Deutschen und Polen hörte nur Peter sich in unsere Spra-

che ein, merkte sich Wörter und interessierte sich für ihren Gebrauch. Und nur bei ihm war klar, daß die Ukraine ihn nicht unberührt lassen würde.
Später besuchten wir ihn in Berlin. Er wußte, was er in dieser Megapolis gerade mir zeigen mußte, damit ich die Stadt liebgewinnen konnte.
Sein Besuch bei uns begann schon vor seiner Ankunft, aus irgendeinem Grund fuhr der Bus nicht, für den Peter ein Ticket gekauft hatte, und wir mußten bis zum nächsten Tag warten. Danach blieben wir kurz in unserer Stadt, danach fuhren wir in die Berge, danach waren wir in einem Bergdorf und danach noch zwei Tage in der Stadt. Peter lebte einfach mit uns, lebte wie wir. Das freute uns am meisten. Er machte überhaupt nicht den Eindruck, als sei er ein Gast in unserem unbekannten, wunderschönen und seltsamen Land.
Er fühlte sich wohl in unserem alten Häuschen mit den zahlreichen Widrigkeiten des Alltags. Gemeinsam wurden wir von schrecklichen Regengüssen durchnäßt und von dem reißenden Strom, in den sich der Weg verwandelt hatte. Beim Stadtfest in Jeremtscha tanzte er auf dem Hauptplatz zu ukrainischem Rock. Die dichtgedrängte Menge von Alten, Jungen, Kindern, Polizisten, betrunkenen, ausgelassenen und ungestümen Bergbewohnern machte ihm überhaupt keine Angst. Peter aß sorglos halbrohen Schaschlik und trank das saure Bier der örtlichen Brauerei in einem überfüllten, verrauchten und verdreckten Loch, wo die Versammlung der Visagen filmreif war. Wir fuhren mit desolaten Regionalzügen, in denen die Fenster verschlossen und die Toiletten kiloweise mit Chlorkalk vollgeschüttet waren. Wir aßen zum Frühstück Quark, zu Mittag Mamaliga mit Schafskäse und am Abend gebacke-

ne Kartoffeln mit Pilzen, wie jeden Tag. Peter trank unabgekochtes Brunnenwasser, aß ungewaschene Waldbeeren und Tomaten, badete im regentrüben Fluß. Er lernte, Wasser aus dem Brunnen zu schöpfen, mit Tauchsieder und Einmachglas umzugehen, in einer Schüssel Geschirr zu spülen. Er summte Lieder, die sich nach dem Konzert in seinem Kopf festgesetzt hatten. Ihm schmeckten unsere Wurst und unsere Süßigkeiten, unser Bier und unser Sekt. Auf dem Friedhof berührte er Grabsteine aus verschiedenen Jahrzehnten und studierte die Steinmetz-Techniken. Er fragte bei allem nach, was er nicht verstand, und wunderte sich, nachdem er eine Erklärung erhalten hatte, nicht darüber, warum etwas so war, wie es war. Peter lernte die ganze Zeit Ukrainisch und hörte sich alle Geschichten aus unserer Geschichte bis zu Ende an.

Niemand in unserer Umgebung hätte ihn für einen Ausländer gehalten. Wir mußten uns nie für unser Land schämen. Unser Land und Peter hatten einander, so scheint es, liebgewonnen.

Ich kann nicht wissen, worüber er nicht gesprochen hat, was er alles in sein Notizbüchlein geschrieben hat, welche Fragmente dieser Reise sich in seiner Prosa wiederfinden. Ich weiß nicht, auf welche Fragen Peter keine Antwort erhielt. Doch eines kann ich mir, nach all dem, was wir zusammen erlebt haben, nicht erklären. Warum hat Peter kurz vor seiner Abreise in einem ukrainischen Souvenirladen eine Matrjoschka gekauft – und warum gab es sie dort überhaupt?

5

Wenn ich darüber nachdenke, was ich bin, denke ich unweigerlich an jene, die mich geprägt haben. Ich kann nicht anders, als dabei an meine Kindergärtnerinnen und Lehrer zu denken. Wie auf einem Gruppenbild erscheinen in meiner Vorstellung sofort ein paar Dutzend Gestalten. Denke ich jedoch länger darüber nach, gesellen sich immer mehr Personen zu dieser Gruppe, ihre Zahl erreicht mehrere hundert. Manchmal halten sie wie allegorische Figuren bestimmte Attribute in der Hand, die lakonisch und höchst allgemein das wichtigste Geschenk symbolisieren, das mir von ihnen mitgegeben wurde.
Wenn sie sich um mich versammeln, richten sie sich in der Regel nach der Chronologie. So ist es wohl richtig, denn über die Bedeutung ihres Einflusses zu debattieren wäre nicht nur nicht angemessen, sondern auch sinnlos, da es sogar mir ungemein schwerfallen würde, ein Prioritätsprinzip aufzustellen (denn ich weiß, daß ein paar minutenkurze Begegnungen mehr zu meiner Erziehung beigetragen haben als manche langjährige Bekanntschaft).
Der imaginäre Fotograf wäre hell erfreut über die farbenprächtige Komposition aus weisen Alten, schrulligen Omas, ehrenhaften Männern, hübschen Frauen, kleinen Kindern, Verstorbenen und Geistern, Hunden, Katzen, Pferden, Vögeln und Pflanzen, Heiligen und Schurken, Schreckgestalten mit zerkratzten Gesichtern ... Auch die Widersprüchlichkeit innerhalb dieser Gesellschaft müßte ihn verwundern. Hier aber hält meine Dankbarkeit alle zusammen, hier können sie sich versöhnen.
Was mich betrifft, so möchte ich immer neben Vater sitzen. Allein schon deshalb, weil es mir einfach nicht gelingen

will zu begreifen, was ihn in der Schule meines Lebens so wichtig macht.
Vater hat in Wahrheit nicht sehr viel Zeit mit uns verbracht. Er war überhaupt sehr selten zu Hause, er fehlte uns ständig. Aber es gelang ihm, während kurzer Episoden entscheidende Dinge zu vermitteln. Mit wenigen Sätzen, seiner Art sich zu bewegen, sich mit den verschiedensten Leuten zu unterhalten, vertrackte Probleme spontan zu lösen, mit seinem Lächeln, seiner Bereitschaft zu helfen und der Fähigkeit nein zu sagen, mit dem besonderen Gewicht seiner Worte. Geht es um konkrete Fertigkeiten, so war er es, der mir beibrachte, wie man Sauerkraut macht und die Erde umgräbt, wie man Apfelbäume und Rosen pflegt, Suppe kocht und Zwiebelsalat macht, wie man einen Schlagring trägt und überflüssige Notizbücher beseitigt, sich Adressen und Namen einprägt, in die Berge geht, angelt, Kutja macht, den Boden wachst, wie man schwimmt und die Strömung spürt, Drachen steigen läßt und die Schokolade gerecht aufteilt, wie man Apfelsaft macht und Tomaten einlegt (seltsam, aber dies sind die Dinge, die ich heute am besten kann ...).
Sogar Vaters Geschenke hatten in erster Linie bestimmte Erfahrungen zum Ziel: eine Uhr, ein Taschenmesser mit vielen Klingen, ein Elektrobaukasten, Schlittschuhe, Skier, eine Luftdruckpistole, ein Fotoapparat, eine Drehbank, eine Axt, ein Mini-Billard-Set, Stelzen, ein Bogen, eine Reckstange, Tennisschläger, ein Gerät für Brandmalerei, ein kleines Chemielabor, ein Mikroskop, eine antiquarische Schreibmaschine, eine Stange echter amerikanischer Marlboro, eine Flasche Kalyna-Wein, eine Flasche französischen Cognac. Von den Ausflügen in den Wald und in kleine Städte, von den Reisen nach Kiew, Sankt Petersburg,

Litauen und ans Meer gar nicht zu reden. Auch nicht von den wenigen nächtlichen Gesprächen, in denen sich der weitere Verlauf des Lebens entschied. Selbst nach Vaters Tod war seine Schule nicht zu Ende. Allein schon dadurch, daß er alles geordnet hinterlassen hatte, dank den guten Erinnerungen vieler mir unbekannter Menschen, dank den Träumen.

Und trotzdem scheint mir, während ich all die wesentlichen Momente zusammentrage, daß sich hinter all dem etwas ganz Besonderes verbirgt, eine schwer zu formulierende Lektion. Sie besteht darin, daß Vater, dessen Leben (mit Ausnahme von Verhaftung, Lager, Verbannung und der Banden in Tschita) keinerlei Ähnlichkeit mit einem Abenteuerroman hatte, sich darauf verstand, es wie ein Schriftsteller zu behandeln, der es nicht nötig hat zu schreiben. Da er die Welt als Literatur erlebte, konnte er seine eigene, erstklassige Alltagsprosa schaffen: indem er beobachtete, sich Dinge einprägte, Akzente setzte, Episoden aneinanderreihte, Dialoge konstruierte, sich abgrenzte, mit Worten sparte, Sätze kombinierte, die Handlung abänderte und nach Charakteren suchte.

Es gelang ihm, nicht nur in seiner Prosa zu leben, sondern auch seine Zuschauer, Zuhörer und potentiellen Leser großzügig daran teilhaben zu lassen.

Es mag in der Erziehung auf wichtigere Dinge ankommen, aber wenn ich einen pädagogischen Wunsch habe, dann diesen: Ich würde gern die Fähigkeit besitzen, meinen Kindern ein bißchen von dem Lebensgefühl zu vermitteln, das Vater mir mitgegeben hat.

6

Während mein jüngerer Sohn versuchte, seinem selbstgebauten Heißluftballon den letzten Schliff zu geben, indem er das Gewicht der Drahtkonstruktion reduzierte und Brennmaterial zum Erhitzen der Luft sammelte, machte sich der ältere daran, die Bücher im alten Schrank abzustauben und zu ordnen. Ich selbst hatte diese Bücher zuletzt in der Hand gehabt, als ich etwa in seinem Alter war. Genug Zeit war vergangen, um die Bücher in den hinteren Reihen zu vergessen. Nun hatte ich die Möglichkeit, das kindliche Tun zu beobachten, zu begreifen und zu staunen.
Nach einer Weile kam eines meiner Lieblingsbücher zum Vorschein, ein Buch, das ich nicht lesen kann, man muß es aber auch gar nicht lesen. Ich habe nie ein vollkommeneres Buch gesehen. Natürlich gibt es Luxusausgaben. Doch diese deutsche Ausgabe der Märchen von Oscar Wilde beeindruckt durch etwas anderes. Sie ist eine stimmige Komposition makellos gefertigter Details, die das Buch als industrielles Produkt ausweisen. Die Papierqualität, das Format, die Art, wie die Bögen zugeschnitten und gebunden sind, die Qualität des Einbandes, die Farbtöne und Schriftarten, das Verhältnis zwischen gefülltem und freiem Raum, sogar das Gewicht, von den kongenialen Zeichnungen, den Initialen, den Bildern vor, hinter und in den Kapiteln ganz zu schweigen. Die Technik im Dienste des Menschen. Das ist es, was man stolz als Fortschritt bezeichnet hat.
Außerdem hat dieses Exemplar etwas, das es einzigartig macht: eine Geschichte und ein Rätsel. Vertrautheit, Menschlichkeit. Was jedem Ausdruck von Fortschritt anfangs fehlt. Was in unserem Teil Europas immer mit dem

Fortschritt im Konflikt stand, denn der Fortschritt ließ dergleichen einfach nicht zu, da es ihm selbst nicht gelang, Vertrautheit herzustellen.
Was es einzigartig macht – und zweifelsohne von einer eigenen Geschichte und einem Rätsel zeugt –, ist das Wörthen »für« mit dem Vor- und Nachnamen meines Großvaters, gezeichnet mit dem Vor- und Mädchennamen meiner Großmutter und darunter: Gmünd, Baracken, 16. Dezember 1916.
Gmünd (laut Enzyklopädie der ukrainischen Landeskunde): Stadt in Niederösterreich, an der Grenze zur Tschechoslowakei, 4000 Einwohner; 1914-1918 Lager für Flüchtlinge und Aussiedler aus Galizien, in dem es ukrainische Schulen (unter anderem ein Gymnasium), kulturelle und andere öffentliche Einrichtungen gab; widrige Lebensbedingungen waren der Grund für eine hohe Sterblichkeitsrate; zwischen 1914 und 1917 starben hier fast 14000 Ukrainer.
Großmutter war dort Krankenschwester gewesen. Großvater, der damals bereits zum Militär einberufen worden war – er hatte sein Ingenieursstudium abgebrochen, die Unteroffiziersschule abgeschlossen und genoß vor den verschiedenen Fronteinsätzen eine gewisse Reisefreiheit –, kam Anfang des Jahres aus mir unbekannten Gründen nach Gmünd. Vielleicht um einen seiner Bekannten aus Galizien zu besuchen. Jedenfalls lernten sich Großvater und Großmutter in Gmünd kennen. Und dieses Buch ist wohl ein Geschenk, das er später, in Mykolajiw, von ihr erhielt, beide waren zwanzig Jahre alt. Dann kamen die Alpen, die Traumata, der Novemberaufstand, die Ukrainisch-Galizische Armee, Gefangenschaft, andere Baracken, der Tod von Angehörigen und Freunden, der Zerfall des Imperiums,

das Studium in Wien, die Kinder, der nächste Krieg und das restliche 20. Jahrhundert. Die traurigen Märchen von Oscar Wilde haben alle Umzüge mitgemacht. Im Grunde kann man auch die Tatsache, daß ihr Urenkel das Buch vor kurzem vom Staub befreit hat, als Fortschritt bezeichnen. Oder als Vertrautheit. Oder als vertraut gewordenen Fortschritt. Oder als Fortschritt von Vertrautheit, oder ...
Folgende Abweichung vom chronologischen Prinzip jedoch bleibt für immer ein Rätsel: An der Widmung besteht kein Zweifel (16. 12. 1916), auf der ersten Seite des Buches steht aber: »Erschienen im Insel Verlag, Leipzig, 1917 (5. Auflage, 41. bis 50. Tausend)«.
Gleich neben diesem Buch stand, wohl aus Gründen der Assoziation, ein dünner Band, ein Heftchen: das Gmünder Drama *Leidende Mutter* von Marijka Pidhirjanka. Daran geheftet eine anonyme Erzählung über den Bau der Eisenbahn irgendwo in Wolhynien. Wieder geht es um Fortschritt. Wieder um den Beginn des 20. Jahrhunderts. Wieder um den Konflikt zwischen Fortschritt und Vertrautheit. Die Erzählung ist genauso pathetisch wie Jack Londons Geschichte von den alten Indianern, die den Angriff der weißen Amerikaner nicht abwehren konnten und versuchten, diese leise und einen nach dem anderen umzubringen (heute wieder ein überaus aktuelles Thema, besonders in unseren Bergen).
Ein paar Tage später übernachtete ich in unserem Häuschen in den Bergen. In der Schlucht jenseits des Gartens verlaufen Eisenbahnschienen, sie sind mehr als hundert Jahre alt. Wenn ein Zug vorbeifährt, beben die Betten. Doch nicht einmal die langsamen, schwer beladenen Züge mit Dutzenden von Waggons wecken mich, mich wecken nicht die Vibrationen, nicht das Rattern, nicht das Pfeifen der Züge

vor den Kurven und nicht die Lichter der Dampfloks. Ich wache auf, wenn auf der einen Kilometer entfernten Straße, jenseits der jetzt kahlen Gärten und Böschungen, die Reifen eines superschnellen Jeeps lautlos in Richtung eines Ferienortes in den Karpaten rollen. Mit diesem Fortschritt muß man erst vertraut werden.

7

Ich mußte so viele vollkommen unbedeutende Jahre leben, um endlich zu verstehen, daß die einzige theoretische Frage, die tatsächlich von Interesse ist, über die man nachdenken und sprechen will, die einem von Zeit zu Zeit keine Ruhe läßt, die Frage des Gedächtnisses ist. Des eigenen natürlich.

Manchmal empfindet man eine so reine, tiefe und allumfassende Abhängigkeit vom eigenen Erinnern, daß dieses Gefühl in ein Erleben vollkommener Freiheit übergeht. Dann hast du nichts außer allem. Obwohl dieses Alles auch nichts sein kann. Dann aber hast du nicht einmal Hände, ganz zu schweigen von Augen, Ohren, Zunge, Nase und Haut. Wie du selbst, gehören auch deine Hände dem Gedächtnis. Und du bist, genau wie deine Hände, von ihm abhängig. Was kann es enthalten …? Was muß es und was braucht es nicht zu erinnern? Allein das Gedächtnis macht deine Person aus. Allein das Gedächtnis erschafft und ordnet dein Leben. Es ist das, was hier und jetzt ist.

Ich erinnere mich an das, woran man sich nicht zu erinnern braucht.

An den Geruch der alten Wiener Sessel in unserer Wohnung, nachdem Großmutters Gäste darauf gesessen hatten. An die Rippen der Mädchen, die ich vor Jahren beim Schaukeln anstieß; die Schaukel war an einem hohen Ast des großen Kastanienbaums am Rand der Schlucht aufgehängt. An das Drücken des ersten gestohlenen und hastig verschlungenen Brötchens in der Kehle. An das Geräusch, das der Schädel des Angreifers von sich gab, dem ich einfach einen Stein gegen den Kopf geschleudert hatte. Daran, wie viele Geräusche in der nächtlichen Wohnung an das Weinen der Kinder erinnerten, wenn diese in einem weit entfernten Zimmer schliefen. Daran, wie unglaublich sich in der ersten, vom Anfang bis zum Ende durchwachten Nacht die Farbe und das Licht des Himmels veränderten. An die Dichte, Geschwindigkeit und Elastizität des Wassers der Ljubischnja, Bystryzja, Rybnyzja, Theiß, des Dnister, Dnipro, der Memel, der Donau, des Psluch, der Schatzki Seen und des Sees bei Trakai, und wie es sich anfaßt oder anfühlt. Daran, wie sich Blut und Milch vermischten, als ich mit einer vollen Flasche in jeder Hand die Treppe hinunterfiel. An die Namen aller Charaktere in dem Buch *Tomek auf der Suche nach Yeti*. Daran, wie dort, wo wir einmal gewohnt haben, gegen Morgen das Blech des Vorhauses, das sich tagsüber aufgeheizt hatte, beim Abkühlen knackte. An den Gesichtsausdruck des Hundes, der beschlossen hatte, uns zu gehören, und beinahe jeden von uns einmal gebissen hat. Daran, wie sich die Sehnen an den Ellenbogen verhärten, wenn du nachts mit zwei schlafenden Kindern auf dem Arm einen weiten Heimweg hast. An den Weg zu dem kleinen Laden mit jungem Wein in Regensburg. Daran, wie man Hände und Füße setzen muß, wenn man über die Leiter auf einen Panzer klettert. Und wie mein Vater 1950 in der Volksschule während des Unterrichts festgenommen wurde.

Ich erinnere mich an Unmengen solch unnützer Details. Und manchmal, wenn ich allein bin, nichts tue und nichts sage, scheint es mir, als machten genau sie mein eigentliches Ich aus. Eine Anhäufung chaotischer Belanglosigkeiten, deren einzige Daseinsberechtigung darin besteht, daß sie bald wieder verschwinden, ohne auch nur die geringste Spur auf der Erde zu hinterlassen.
Das Problem mit meinem Gedächtnis ist sein pathologisch deformiertes Prinzip der Informationsauswahl ... Ich verstehe, daß das Vergessen eine ebenso unabdingbare Funktion des Gedächtnisses ist wie das Merken, aber doch nicht in diesem Ausmaß. Daß man sich so wenige notwendige, wichtige, bedeutende, wertvolle, frohe, bewegte Momente merkt. Daß man sogar Worte vergißt. Sogar niedergeschriebene Worte.
Daß man sich nicht einmal merkt, daß man sich etwas merken muß. Ereignisse und Phrasen so sehr zu vergessen, daß du nicht glauben kannst, daß es deine Erinnerungen sind. Als wärst du irgendwo nicht gewesen, wo du richtig glücklich warst. Als wäre ganze Tage lang ein anderer du gewesen, wie in einem schlechten Film. (Mit blauen Flecken und Kratzern ist es manchmal genauso.)
So paradox es klingen mag, aber manchmal muß man sich, um zu sich selbst zurückzufinden, einer Fiktion hingeben, die sich vielleicht als die wahrste aller Erinnerungen entpuppt.

8

Meine erste Erfahrung mit dem Tod machte ich mit sieben (mein Bruder war fünf, bei ihm begann also alles früher,

obwohl er später geboren wurde). Damals starb eine unserer Großmütter.
Ich mußte noch weitere sieben Jahre leben, um zu begreifen, daß dieser Tod keine Ausnahme war, keine Kinderphantasie. Daß die Menschen tatsächlich nach und nach gehen. Daß man genau dieses Gehen als den eigenen Tod oder den Tod der einen umgebenden Welt bezeichnet.
Ein paar Jahre später wurde mir außerdem bewußt, daß es einen deutlichen Unterschied zwischen Tod und Sterben gibt. Das Sterben läßt, unabhängig von der Intensität der Empfindungen, keineswegs das Gefühl aufkommen, der Tod sei nahe. Es ist dein privates Abenteuer, das wie der gefährlichste Traum kein endgültiges Ende zu nehmen scheint. Der eigentliche Tod hingegen besteht darin, daß vollständige und für dich wichtige Welten einfach aufhören zu existieren.
Noch etwas Zeit verging. Und ich sah, konnte mich davon überzeugen, daß es den Tod überhaupt nicht gibt. Welten gehen nirgendwohin. Sie nisten sich ohne Zweifel irgendwo in der Nähe ein: neben, in, auf, bei, hinter, vor ... (Dabei meine ich nicht einmal die Genetik.)
Großmutter erwies sich hinsichtlich dessen, was man Erbe nennt, als ungeheuer großzügig.
Es geht nicht um das, woran ich mich tatsächlich erinnere. Denn erinnern kann ich mich nur an weniges. Ich erinnere mich an eine Zurechtweisung. »Sei nicht *ordinär*«, bat Großmutter und benutzte dabei den deutschen Ausdruck. Ich erinnere mich an ein paar deutsche Sprichwörter, die sie vor sich hin sagte, während mein Bruder und ich an ihrem Bett saßen. Ich erinnere mich daran, wie sie bis in die letzten Tage ihres Lebens täglich Gymnastik machte. Ich erinnere mich an die Besuche des fast heiligen Pfarrers Sle-

sjuk bei ihr, wie sie sich lange in ihrem Zimmer unterhielten und beteten, wie sie eine das Kreuz tragende Jesusfigur auf den Tisch stellten. Ich erinnere mich daran, wie ich krank im Bett lag und leise ein Lied über die sowjetische Armee sang, das ich im Kindergarten gelernt hatte, in den ich gerade einmal seit einer Woche ging; Großmutter bat mich, das Lied nie wieder zu singen, selbst wenn ich noch so krank sei. Ich erinnere mich daran, wie es Großmutter manchmal ohne Arbeit nicht aushielt und nachts Geschirr spülte. Ich erinnere mich, daß sie manchen Besuchern mit Fürsorglichkeit und anderen mit einer gewissen Schroffheit begegnete; jeden Tag kamen Leute zu ihr. Ich erinnere mich daran, wie verrückt mein Bruder und ich, ein paar Stunden bevor sie in einem der Zimmer starb, in einem anderen herumtobten und schrieen, wie wir verängstigt zu ihr hineingingen, wie die Stille war, wie das Wetter war, wie wir verstummten …

Es geht auch nicht darum, woran ich mich aus späteren Jahren erinnere: Fotografien, Dokumente, Erzählungen von Mutter und anderen Leuten, die sie kannten … Irgendwann beschäftige ich mich genauer mit all dem und schreibe eine dokumentarische Biographie über sie.

Es geht nicht um Großmutters Geschichte, die so sehr Teil meiner eigenen geworden ist, daß Zitate daraus in manchen Träumen schwer von Fragmenten eigener Erlebnisse zu unterscheiden sind.

Es geht nicht einmal um Erfahrungen: Großmutter besuchte eine deutsche Volksschule, ein polnisches Gymnasium, in Lemberg begann sie Medizin zu studieren, sie war in Gmünd, lernte dort meinen Großvater kennen, er schenkte ihr englische und russische Bücher, sie war Offizier der UHA, war sehr lange dabei, sie erhielt ein paar Auszeichnungen vom Roten Kreuz, setzte ihr Studium in Wien fort, heiratete in der St.-Barbara-Kirche denjenigen, den sie seinerzeit in Gmünd kennengelernt hatte, sie brachte ein Kind zur Welt, kehrte nach Stanislau zurück. Großmutter spezialisierte sich auf Augenheilkunde, der einzige ukrainische Augenarzt in Stanislau aber bat sie, ihm keine Konkurrenz zu machen. Sie ging wieder nach Wien und ließ sich zur Hals-Nasen-Ohrenärztin ausbilden. Danach kehrte sie mit ihrer Familie nach Stanislau zurück. Praktizierte. Behandelte. Alle, die auch nur ein einziges Mal in ihrer Sprechstunde waren, vertrauten ihr. Die dankbaren Patienten schenkten ihr Araukarien. Mit fünfundvierzig brachte sie noch ein Kind zur Welt, meine Mutter. Dies erwies sich als Gottes Gnade, denn ein paar Jahre später starb das ältere Kind, ohne das sie sich ihr Leben nicht mehr vorstellen konnte. Großmutter arbeitete sehr lange, auch noch im Pensionsalter.

Ich erinnere mich außerdem, daß sie uns beibrachte, unsere Kleidung am Abend so zusammenzulegen, daß wir in der Nacht innerhalb weniger Minuten bereit wären. Sogar in vollkommener Dunkelheit. Eine Wand in unserem Keller war von oben bis unten mit den Daten der Bombenangriffe beschriftet, ebenso war es mit der letzten Seite von Großmutters Gebetsbuch, auf der die Liste der Verstorbenen, für deren Seele man beten mußte, immer länger wurde. Es geht nicht um irgendwelche Gegenstände, Reliquien und Erinnerungsstücke aus dem Alltag.

Denn Großmutter erwies sich als bedeutend großzügiger, wenn es um das geht, was man Erbe nennt.

Großmutter hat mir diese Stadt geschenkt. Wohin ich auch gehe, augenblicklich umgibt mich die Wärme ihres Bereitsdagewesen-Seins. Das Haus, in dem sie geboren wurde,

ist jetzt eine Zweigstelle des Kunstmuseums. Die Schule, die sie besuchte, befindet sich neben dem Markt, auf dem ich einkaufe, ihr ehemaliges Gymnasium gegenüber meiner ehemaligen Schule. Das Haus, in dem sie sich niederließ, steht in dem Viertel, in dem ich mein ganzes bisheriges Leben verbracht habe. Und so weiter. Von den Straßen, durch die sie ging, ganz zu schweigen.
Dasselbe gilt für Lemberg. Wenn auch nicht mit dieser Intensität.
Schade, daß ich noch nie in Wien gewesen bin. Sie hat dort viele Jahre gelebt. Und ich weiß, daß ich mich nicht fremd fühlen werde, wenn ich einmal dorthin komme. Irgend etwas werde ich erkennen, irgendwo werde ich eine gewisse Wärme empfinden. Das ist das Erbe, das ich angetreten habe.

9

Manchmal kann ich morgens nicht einmal in Ruhe Kaffee trinken.
Ich setze mich auf die Stufen. Ich setze mich auf die Stufen vor meinem Häuschen in den Bergen, um morgens Kaffee zu trinken. Und manchmal habe ich keine Ruhe dafür. Vielleicht ist es das Alter, vielleicht eine Besonderheit meiner Natur, denn das, was ich sehe, entspricht nicht genau dem, was ich sehe. Ich sitze auf den Stufen und sehe mehr, als ich sehen sollte. Ich sehe ein kleines Fleckchen Welt, das die ganze Welt ist. Ich sehe den Obstgarten, zugewachsen mit jungen Apfelbäumen, die vor sich hin wuchern und immer mehr von der Welt verdecken. Die Bäume hat Vater gepflanzt. Vor gar nicht langer Zeit. Mitte der Achtziger.

Das ist nicht lange her, auch wenn fast zwanzig Jahre vergangen sind. Der Obstgarten hat den Ausblick hier enorm verändert. Vom Haus aus sieht man die Gleise kaum noch. Von den Gleisen, vom Zug aus sieht man nur noch das Dach des Hauses. Und ich sehe Silhouetten. Ich sehe das, was man Gespenster nennen könnte.
In Anbetracht dessen, was man von der Haustür aus sieht, und im Wissen, was sich hier abgespielt hat, stelle ich mir manchmal vor, wie sich die Menschen auf diesem Fleckchen Land bewegt haben.
Die Schienen jenseits des Obstgartens wurden vor langer Zeit von den Italienern verlegt. Aus irgendeinem Grund war man der Ansicht gewesen, daß gerade sie am besten für den Bau einer Gleisanlage in bergigem Gelände geeignet seien; ihre Bauingenieure suchten nach jeder brauchbaren Biegung zwischen den Bergen und Schluchten, um die Schienen von Stanislau nach Rachiw verlegen zu können. Die Arbeiter werden wohl zu den Häusern, den Brunnen gekommen sein. Die Arbeiter werden wohl auf Italienisch um Wasser gebeten haben. Auch mußten sie ihre Freizeit irgendwie verbringen. Angeblich waren es die Italiener, die verschiedene Geschlechtskrankheiten in unsere Berge eingeschleppt haben. Die Italiener wußten, wie man Tunnel baut. Die von ihnen verlegten Gleise veränderten den Klang unseres Berges für immer. Wenn ein Zug vorbeifährt, bebt unser Häuschen regelrecht. Besonders spürt man das in der Nacht. Einmal sprang ein Funke von einer Dampflok auf eine Schindel des alten Familienhauses über. Den Platz, an dem es gestanden hat, sehe ich auch. Das Haus brannte ab, ganz ohne Krieg.
Die Kriege, zumindest die beiden Weltkriege, fanden praktisch vor unserer Haustür statt. Im Wald rechts befand

sich ein Schanzwerk, das von der heute so bezeichneten Brussilow-Offensive berannt wurde. Außerdem sehe ich eine Brücke, an jener Stelle erbaut, wo seinerzeit die Kowpak-Partisanen eine Brücke in die Luft jagten, bevor sie in den eigentlichen Kampf zogen, in dem sie vernichtend geschlagen wurden. Ich kann mir vorstellen, was sich während all dieser Weltkriege auf unserem Boden zugetragen hat. Im Gemüsegarten kamen bis Anfang der Achtziger jeden Frühling Patronenhülsen zum Vorschein, abgefeuert aus verschiedenen Waffen. Vor vierzig und vor siebzig Jahren.

Noch ehe das alte Haus wegen des Funkens abbrannte, fanden auf diesem Boden riesige Versammlungen der Radikalen Partei statt. Eine davon wurde in der Zeitung *Dilo* als die größte der Gegend beschrieben, Lahodynskyj, Schekeryk-Donykiw, Marko Tscheremschyna und der damalige Herr dieses Grund und Bodens traten auf.

Da die Brücke später in die Luft gejagt wurde, gab es ein paar Jahre auf beiden Seiten der gigantischen Schlucht, die ich von hier aus auch sehe, provisorische Stationen. Der eine Zug fuhr bis an den Abgrund heran, die Passagiere gingen auf Pfaden hinunter, über den Fluß und stiegen auf der anderen Seite in den Zug, der bis nach Rachiw fuhr. Später wurde natürlich eine neue Brücke gebaut, die Überreste des alten Viadukts bilden ein schönes Becken im Fluß. Links sehe ich die bewaldeten Hügel, zwischen denen der Fluß herausfließt, und rechts das rechte Steilufer des Pruth, in den er mündet. Abgesehen vom Pruth-Tal sehe ich auf dieser Seite noch die Ausläufer der Pokuttja-Kosiw-Karpaten, ich sehe den Bergkamm, hinter dem sich Kolomyja, Jabluniw und andere interessante Orte verbergen.

Vor mir liegt eine Bergkette, sie ist die offizielle Grenze

zum Huzulenland. Jenseits dieser Bergkette sind bei gutem Wetter malerische Hügel zu sehen, die Ausläufer des Berglandes, und ein hoher Berg, auf dem sich irgendwann vor langer Zeit ein gigantischer heidnischer Tempel befunden hat und an dem die alte Straße endete, auf der Händler aus dem fernen Europa kamen, um Feuerstein zu kaufen. Rechts jedoch, dort, wo sich die Brücke und die Reste des Schanzwerks befinden, sieht man lediglich den Eingang zu den Gorgany. Den Anfang dieses steinigen, zerklüfteten Waldes, der auf der anderen Seite bis Mukatschewo reicht. Vor zwanzig Jahren stiegen noch irgendwo aus diesem Wald Jagdflugzeuge auf, sie bewachten einen jener geheimen Stützpunkte, auf dem strategische Raketen stationiert waren, von denen nur ihre Besitzer und die Analytiker des Feindes wußten. Zu diesem Stützpunkt fuhren auf den Gleisen jenseits des Gartens seltsame Züge, getarnt als Personenzüge, die Gardinen an allen Fenstern vorgezogen.
Außerdem sehe ich den Turm einer alten Kirche, die in allen Verzeichnissen von Architekturdenkmälern auftaucht, Reste eines Friedhofs und die Dächer einiger mehrstökkiger Holzvillen im Zakopaner Stil. All das sind Überreste jenes Städtchens, das während des zweiten der beiden Weltkriege zu existieren aufhörte. Den geringsten Schaden haben in diesem Krieg die Pfade davongetragen, die ich ebenfalls sehe. Auf diesen Pfaden kamen jene, die sich im Wald versteckt hielten, und jene, die Jagd auf sie machten. Betrachtet man die Pfade, weiß man genau, wie sich diese verschiedenen Menschen auf ihnen bewegt haben. Daneben gab es noch andere Menschen, die allen Launen der Geschichte zum Trotz zu den Salzbrunnen gingen, die so nah in einem der Gräben liegen, daß sie nicht zu sehen sind.

Natürlich sehe ich in erster Linie Bäume. Viele verschiedene Bäume, langsam verändern sie die Aussicht. Ihretwegen ist der Hintergrund auf den Fotos aus mehreren Jahrzehnten so unterschiedlich. Natürlich sehe ich in erster Linie Gras, das unverändert auf jedem Stückchen freien Bodens wächst, auf dem passiert ist, was ich unweigerlich sehe, wenn ich mich zum Kaffeetrinken auf die Stufen setze. Manchmal kann ich ihn nicht einmal in Ruhe zu Ende trinken, denn das Gras verbirgt nichts.

10

Schon vor langer Zeit habe ich versucht zu erzählen, was ich für diesen Menschen empfinde, indem ich beschrieb, wie ich von seinem Tod erfuhr, denn das war genau so, wie er lebte, wie er schrieb, was er schrieb und schließlich auch, wie er starb.

Mit der Zeit erfuhr ich noch mehr über ihn; ich schaute mir Fotos an, las seine Bücher und Bücher über ihn, hörte verschiedene Leute von ihm erzählen, kam in Städte, in die es auch ihn verschlagen hatte. Ich bekam Postkarten mit seinem Porträt. Einen seiner Romane habe ich so liebgewonnen, daß ich ihn bis heute als mein Buch betrachte.

Jetzt will ich auf eine andere Weise von diesem Mann erzählen.

Ich tue es ungern, aber ein paar Personen müssen genannt werden. J., mein Bruder, sein einjähriger Sohn T., L., die Frau von J. und Mutter von T., M. und B., meine Söhne, beide sind vor kurzem zehn geworden. Das genügt.

Es war Sonntag, es war September (wenn ich das, was ich jetzt schreibe, zu Ende geschrieben habe, werde ich sagen können: »Es ist Sonntag, es ist September«, denn beides wird zutreffen). Ein paar Tage sind vergangen, und kaum etwas von diesem Tag ist mir noch in Erinnerung. Ein paar Wochen vergehen, und ich vergesse sogar das, was ich gerade schreibe. Aber ich kann zu den Dingen zurückkehren und mir mehr ins Gedächtnis rufen, als niedergeschrieben ist.

Da waren ein paar Erinnerungsfragmente. Wir hatten lange geschlafen, denn am Abend zuvor waren wir bis spät in die Nacht aufgeblieben, um von einem Bistro über den Dächern der Stadt das in der Nacht beleuchtete Lemberg zu betrachten. Wir aßen das gleiche zum Frühstück, das wir schon seit Tagen am Abend, zu Mittag und zum Frühstück aßen – so viele Pfannkuchen hatte man uns dagelassen, wir mußten sie nur mit Quark füllen. Wir ließen ein paar Marschrutkas vorbeifahren, weil wir uns mit den Nummern nicht auskannten, und bis man gelesen hat, wohin sie fährt … In der Marschrutka erzählte M. seinen Traum. Er war überzeugt, daß es, was die Qualität der Bilder, die Schönheit der Szenen und die Vollständigkeit der Komposition anging, der beste Traum der letzten Jahre gewesen sei. (Auf dem Rasen vor der gigantischen Steintreppe einer weißen Villa führen zwei sehr weiße Schafe und zwei sehr schöne Ziegen synchron und bereitwillig verschiedene Befehle aus, die man sonst Hunden gibt. Neben der Treppe wachsen hohe Wacholdersträucher. Jene, die die Befehle gibt, sitzt auf dem Balkon der Villa, neben ihr sitzt ein Hund, dem die Befehle nicht gelten, dann werden die Befehle von einem sehr schönen Lied abgelöst, und alle Tiere beginnen zu tanzen.) Ich habe jedes Wort gehört und verstanden, sagte M. Eine Steintreppe, daneben Wacholdersträucher, das ist sehr gut. Die Bemerkung kam von B., er träumte davon, Architekt zu werden. Inzwischen waren wir angekommen, stiegen bei einer Ampel aus und kauften Cremeschnitten (die Cremeschnitten dort sind immer sehr gut). Eine Obdachlose saß auf der Fensterbank des Ladens und aß frische Nüsse. Aß und ging, sie hinterließ einen Haufen Schalen, darauf eine ganze, nicht von der harten Schale befreite Nußhälfte. Wir gingen lange mit T. spazieren, M. und B. schoben abwechselnd den Kinderwagen. Die heutigen Kinderwagen haben deutlich schlechtere Räder als der, den ihr hattet, sagte ich. L. war zu Hause geblieben, um sich auf ihr Seminar am nächsten Tag vorzubereiten. Ein sehr gutes Seminar, aber nur wenige Studenten hatten sich dazu angemeldet. Ich wollte mir den Vortrag anhören, damit sich herumspricht, daß Leute dafür extra aus Iwano-Frankiwsk anreisen. J. änderte Stimme und Intonation und kündigte an, daß nun eine Reihe von Lehrexkursionen durch Lemberg für M. und B. beginnen. Er sprach über den Bezirk Lytschakiw, wo wir uns gerade befanden. Wir betrachteten die kleinen Häuser, die es bald nicht mehr geben sollte. Diese Burschen – J. zeigte auf eine kampflustige Gruppe Halbwüchsiger – hätten echte Lemberger Hooligans werden können, hätte es nicht diese unwiederbringlichen Veränderungen gegeben. Wir gingen zum Kaiserwald. Ringsum ein sonderbares Dickicht aus verschiedenen Blumen, Gräsern und Obstbäumen, dahinter waren Häuser zu sehen. An einigen der schönsten Stellen entdeckten wir die abscheulichen Paläste der Neureichen. Trotz allem macht sich Wacholder neben Treppen und Mauern gut, bemerkte B. schon zum zweiten Mal. Später standen wir am Rand der riesigen Podolischen Platte und schauten auf Lemberg, Roztocze und das Land entlang dem Bug. Die Wolken über uns bewegten sich als Schatten irgendwo in der Ferne zwischen den Hochhäusern. Wenn man von hier aus schaut, bemerkt man, daß es sehr wenige solcher Häuser gibt. Und dieser Wald mitten in der Stadt ist dem Wienerwald sehr ähnlich. Hier habe ich mit T. den ganzen Sommer verbracht, sagte J. Ich betrachtete ihn, und er wurde unterdessen sehr braun. Noch so klein und schon am Meer gewesen, unsere Bekannten waren begeistert. Und wirklich, vor ein paar Millionen Jahren war hier ein Meer. Leise, ihr weckt das Kind auf, schrie eine Polin ihren schweigsamen Kollegen zu. In jenem Sommer waren im Naturschutzpark Snesinnja neue Häuser dazugekommen. Weiter, am Saremba-Krankenhaus vorbei, folgten wir der ehemaligen Kurkow Straße (auch eine schöne Geschichte) bis zur vierten, dritten, zweiten und schließlich ersten Verteidigungslinie von Lemberg. Eine ältere Frau mit einem Schleier aus Gardinenstoff spaziert über den Marktplatz, sie bildet sich ein, jung, schön und eine Braut zu sein. Die Zentrumssäufer grüßen sie, ohne sich lustig zu machen. »Wenn man etwas erkennen will, muß man sich schon ein bißchen Mühe geben«, sagt eine Fremdenführerin vor der Boim-Kapelle zu ihrer russischen Gruppe. Eine polnische Touristin ersteht ein kitschiges Bildchen von der Kathedrale. Ihre Freundinnen sind begeistert. Jeden Moment kann der Kardinal aus dem Torbogen treten. Dann kommen die Häuser im Kiewer Stil, sie wurden wider den gesunden Menschenverstand über den archäologischen Fundstellen errichtet. Dann – das Kloster, das Juri Andruchowytsch in einem Gedicht einmal so schön beschrieben hat. Wieso mußten alle Lemberger Gewässer zerstört werden, fragte M. Gemeinsam mit J. war er noch zu der Stelle gegangen, wo die Poltwa wieder ans Tageslicht kommt. B. und ich lasen in der Zeitung, was uns auf dem Buchforum erwartete, das demnächst stattfinden würde. Beide merkten wir, daß wir dieselben Erwartungen hatten wie der Journalist. Außerdem warten wir auf das Buch von Sofijka, sagte B. (Der Erzählband *Alte Leute* von Sofia Andruchowytsch, T. P.) Allen Erziehungsgrundsätzen zum Trotz fuhren wir am Abend noch weit aus der Stadt hinaus, um den Mars, der sich erst in vielen Jahren wieder so schön zeigen würde, durch ein richtiges Teleskop zu betrachten, und den geliebten Mond, den man unbedingt durch ein Fernrohr gesehen haben muß. Die Hütte mit dem Teleskop stand, einem Geschütz der Küstenartillerie ähnlich, mitten im Wald versteckt, unter dem Sternenhimmel in der herbstlich-nächtlichen Kälte. Und du bist froh, da zu sein.

Das ist eigentlich alles (auf dem Weg zum Teleskop mußten wir noch eines Mannes wegen anhalten, der von einem Auto angefahren worden war). Ich kann nicht behaupten, daß diese Fragmente außergewöhnlich sind, daß man sich an sie erinnern sollte. Aber ich weiß, daß es der tschechische Schriftsteller Bohumil Hrabal, von dem ich erzählen wollte, genauso gemacht hat. Sein Talent lag in der Fähigkeit, das tägliche Leben nicht von der täglichen Literatur zu trennen. Das hat die Literatur bereichert. Das kann das Leben verändern.

11

Der Sommer durchläuft gewisse Phasen, in denen wir plötzlich denken: Jetzt ist richtig Sommer. Glaubt man aber den Erkenntnissen der Phonetik, so ruft allein das Wort »Lito«* – ohne weitere Attribute – Assoziationen hervor, die man

* Ukrainisch: Sommer

mit den wenigen Wochen von Ende Juli bis Mitte August in Verbindung bringt. Was eigentlich paradox ist, denn das ist gar nicht mehr der richtige Sommer. Auch wenn es sein Höhepunkt ist. Am intensivsten, weil fast schon vorbei. Nicht der Herbst und nicht der dunkle Winter, sondern dieser Abschnitt des Jahres erscheint mir als der traurigste im ganzen Jahr. Diese Tage sind jener höchste und vollkommenste Punkt, an dem man nur ganz kurz im Gleichgewicht bleiben kann. Und zugleich wissen wir, daß sich das Gleichgewicht in eine bestimmte, uns bekannte Richtung verlagern wird. Denn, wie wir in der Schule lernen, die Tage werden kürzer, die Nächte länger, die Sonne erwärmt die Erde weniger stark ...

Heute wie vor zwanzig oder mehr Jahren wird mir Mitte August der Gedanke an die Schule unerträglich, wenn noch Sommer ist, aber bereits ... Viele Jahre gab es das nicht, es hat einfach nicht existiert. Die Kinder waren klein und deshalb so, wie man sie haben will. Sie waren unabhängig. Jetzt haben sie Ferien. Wenn ich sie im Wasser des Gebirgsbaches spielen sehe, muß ich daran denken, wie sehr sich diese fröhlichen Körper von denselben Kindern unterscheiden, die ich, sagen wir, Mitte Dezember am Nachmittag nach der Schule in der Stadt treffe. Ich stelle mir vor, daß mir dann, Mitte Dezember, nicht in den Sinn kommen wird, in den lieben Wesen jene Wildfänge zu sehen, die wenige Monate zuvor eins waren mit dem sommerlichen Naß des Gebirgsbaches. Meine Phantasie wird sich schwer tun, und anfangs werde ich nur mit Mühe jene Züge in ihnen erkennen, die mir nächsten Sommer von einem Moment auf den anderen wieder vollkommen natürlich erscheinen werden.

Jedes Jahr fahren wir mit den Kindern zu unserem Häuschen in den Bergen. Jedes Jahr nehmen wir uns vor, so lange wie möglich zu bleiben. Jedes Jahr kommt es anders. Aber es gab noch kein Jahr, in dem wir nicht dort gewesen wären. Sobald wir ankommen, sagen die Kinder, wie gut es ihnen geht, was für Kinder nicht allzu typisch ist. Sie begrüßen ihre geliebten Betten, das Haus, die Bäume. Sie begrüßen den Fluß.

Diesen Sommer hatte ich eine seltsame Idee: Ich wollte unseren ganzen Sommer aufschreiben, alle Tage und alles Gesagte. Die Idee tauchte ein paar Tage nach unserer Ankunft auf, ich begann zu überlegen, was sich in diesen Tagen bereits ereignet hatte, die Kinder riefen mir verschiedene Fragmente aus dem Alltag ins Gedächtnis. Dann schlugen sie vor, ein oder zwei Tage einfach im Bett zu bleiben und nicht zu sprechen, damit die Chronik die echte Zeit einholen könne.

Zwei Stunden am Anfang des Sommers waren genug, um zu verstehen, daß es keine Chronik geben würde. Mir wurde klar, daß sie die Erzählung, die Geschichte, die ich für sie schreiben wollte, in Wirklichkeit gar nicht brauchten. Und das Wichtigste für mich selbst niederzuschreiben erschien mir unangemessen. Die dritte Variante wäre eine Art Lehrbuch gewesen, was alles endgültig verkompliziert hätte. Und die Gefahr mit sich gebracht hätte, daß es sich als vollkommen unbrauchbar erweist. Als schädlich sogar, es ist nämlich beängstigend, in einem Lehrbuch das zu lesen, was man dem Lehrbuch nur voller Angst anvertraut hätte, denn ich zweifle an der Übertragbarkeit meiner Erziehungsmethode, die es in Wirklichkeit gar nicht gibt. So etwas kann mit dem normalen Lehrplan niemals konkurrieren. So etwas wird nicht einmal in Septemberwerken erwähnt, die davon handeln, wie jemand die Sommerferien verbracht hat. Solche Dinge kann man nicht einmal als positive Erfahrungen werten. Sie sind eine Gefahr für die Gesellschaft. Indem diese Erlebnisse an die eigene Person gebunden sind, entziehen sie dem erwachsenen Menschen ein Element sozialer Strukturiertheit. Sie erinnern an Jungen- und Mädchenschätze, Reliquien aus der Kindheit, nach Jahrzehnten wiedergefunden. Sie sind das, was nirgends Verwendung findet, aber doch nicht weggeworfen wird. Sie sind die schwerste Last der Daseinsfreude. Eine schreckliche Verpflichtung des menschlichen Fortbestehens im zeitlichen Kontinuum.

Jeden Morgen erzählten die Kinder ihre Träume. Sie warteten, bis genug Sterne am Himmel waren, und suchten dann die hellsten. Sie schliefen unter freiem Himmel im Garten, auf warmen, selbstbereiteten Lagern. Über ihnen fielen Sternschnuppen, die deutlich erkennbaren Satelliten fielen nicht, sie verbrannten sich an Brennesseln, sie wurden von Insekten gestochen, von verschiedenen Arten von Insekten. Sie retteten Nachtfalter und fischten einen Maulwurf aus dem Wasser. Vor herannahenden Zügen klaubten sie Hunderte von Kartoffelkäfern, die sich dort wärmten, von den Schienen. Sie machten Eintagsbögen und Bögen, größer als sie selbst, dicker als ihre Arme unterhalb des Ellenbogens. Sie rollten Hügel hinunter. Kletterten auf Bäume. Sie aßen sich an Sauerkirschen, Pflaumen, Klaräpfeln und Birnen satt. Suchten Heidelbeeren und Brombeeren, sammelten sie aber nie in Gefäßen, sondern aßen immer alles an Ort und Stelle auf. Sie badeten stundenlang im Fluß. Rutschten auf den glitschigen Steinen aus und fielen ins Wasser. Sie warfen mit Äpfeln, mit Steinen – wer weiter wirft, wer besser trifft, wer wen trifft. Sie schnitzten Pfeile. Kletterten in verschiedene Verstecke,

Nester und Höhlen. Sie verbrannten Knoblauchlaub. Sie machten Lagerfeuer, aßen halbrohe Kartoffeln, halbrohes und verbranntes Fleisch. Mit einer unglaublich schweren Machete zerteilten sie Äpfel, die sie einander zuwarfen. Sie mähten mit der Sense. Sie legten Stacheldraht auf die Schienen, der zu Stiletten wurde. Sie lagen da und dachten nach. Sie sprachen mit den Hunden und im Namen der Hunde. Sie suchten am Flußufer nach ungewöhnlichen Steinen und abgeschliffenen Scherben grüner, blauer, brauner und weißer Flaschen. Sie schossen mit Gewehren, ein Auge verbunden, weil es nicht geschlossen bleiben wollte. Sie hörten zu, wenn vorgelesen wurde. Sie veranstalteten große Kartenturniere, merkten sich jedes Blatt. Sie malten geniale Festungen und Stammbäume. Sie scherzten, spielten mit Wörtern, Intonationen und Sprachen, erfanden Geschichten und schlüpften in verschiedene Rollen. Sie waren traurig, wenn sie spürten, daß Mitte August nahte. Sie brachten sich selbst bei, einen vollen Eimer Wasser aus dem Brunnen zu ziehen, indem sie die Kraft des Gewichts zu überwinden lernten. Sie tranken den ganzen Sommer unabgekochtes Brunnenwasser. Obwohl sie jeden Tag viel zu viel Quark aßen ... Außerdem unterhielten wir uns sehr viel. Ernst lauschte ich ihren Entdeckungen, und sie hatten nichts, woran sie meine Erklärungen hinsichtlich der Ordnung der Welt überprüfen konnten.

Genau wie früher werde ich panisch, wenn ich spüre, daß der Schulbeginn naht.

Vor vielen Jahren habe ich mir einen Trick ausgedacht, der mir das schmerzhafte Dasein abseits der Sommerferien deutlich erträglicher machte. Ich kam zu dem Schluß, daß die Welt größer ist als der Sommer und die Entfernungen kleiner, als sie einem erscheinen. Man kann also dem Sy-

stem zum Trotz öfters dorthin fahren, wo es auch andere, uns noch unbekannte Jahreszeiten gibt. So kann man Abhängigkeit mit Abhängigkeit verdrängen.
Vor ein paar Tagen haben mir die Kinder das Versprechen abgerungen, daß wir im September, Dezember, März und Mai wieder herkommen. Ich gab es ihnen ...

12

Gerade mal sechsundsechzig Jahre alt. Kräftig, gut gebaut, schlicht und elegant zugleich, sehr rational, recht auffällig (so sehr es die Eleganz erlaubt), freundlich (also hell), nicht allzu groß, aber bedeutend größer als klein, natürlich ein bißchen einsam (kommt mit Veränderungen bestens zurecht, schlägt Freuden nicht aus, die sich sogar zu Zeiten schlimmster Veränderungen, zu Zeiten von Veränderungen zum Schlimmsten, finden lassen, gibt die Hoffnung nicht auf, daß auch diese Veränderungen wieder Veränderungen unterliegen). Seine derzeitigen Dokumente entsprechen allen Anforderungen der aktuellen Gesetzgebung, obwohl sie auf der Grundlage einer nicht ganz rechtmäßigen Geburtsurkunde ausgestellt wurden.
Die Geschichte dieses Hauses ist derart symbolträchtig, daß man sich – würde man nur sie kennen – ein vollständiges Bild davon machen kann, was sich in unserer Gegend in der zweiten Hälfte des zwanzigsten Jahrhunderts, ein paar Jahrzehnte davor und bereits drei Jahre nach seinem Ende, dem Ende des Jahrtausends, zugetragen hat.
Der Bau des Hauses begann 1937. Es wurde von Ukrainern geplant und mit dem Geld von Ukrainern gebaut. Das Geld war unter den damaligen Bedingungen, als für Ukrainer die

Bedingungen Geld zu verdienen denkbar schlecht waren, schwer genug verdient. Die Bauarbeiten hatten noch nicht begonnen, als man bereits den Widerstand der Eigentümerin des Nachbarhauses überwinden mußte, denn sie war gewohnt, daß ihr Haus das letzte in der Reihe war.
Die gesamte Baudokumentation mußte auf Polnisch erfolgen. An den Bauarbeiten aber waren die unterschiedlichsten Leute beteiligt: Stadtbewohner und Dorfbewohner, Ukrainer, Polen, Juden. So sah die Stadt damals aus. An einem Ende, die Hauptstraße entlang bis zu deren Anfang, stand eine dicht verbaute Häuserzeile, überall sonst waren Einöde, Gärten und einstöckige, fast dörfliche Häuschen. So sah die Stadt aus. Jedenfalls bekam das Haus eine Nummer, die sich seitdem nicht geändert hat (die Häuserzeile war also wirklich dicht verbaut gewesen). Damals wurde ebenso schnell gebaut wie erst seit kurzem wieder, und Ende 1938 bezogen die Eigentümer ihr eigenes Haus.
Ein knappes Jahr später veränderte sich die Welt grundlegend. Die neue Macht erkannte noch einige der alten Eigentumsrechte an, wenn auch parallel zu den eigenen. Heute kann man es sich kaum vorstellen, aber in diesen Jahren waren verschiedene polnische Formulare und Stempel in Umlauf.
Einundvierzig gingen Menschen unter den Balkonen dieses Hauses vorbei zu den geöffneten Kellern des NKWD, in denen die Erschossenen waren, der Ukrainische Staat wurde ausgerufen, rumänische Untereinheiten zogen durch die Straße, LKWs mit ermordeten Juden fuhren vorbei, sie waren nicht von Planen bedeckt. Die Bewohner des Hauses sahen aus den Fenstern und erkannten Bekannte wieder, unter den einen wie unter den anderen. Es fehlte an Kohle zum Heizen, die Patienten gingen zu den in ihren

Wohnungen praktizierenden Ärzten (Zahnärzte und Hebammen braucht man auch in den Weltkriegsjahren) und bezahlten mit Lebensmitteln. Bald begannen die Bombardierungen. Die gemauerten Keller dienten als Bunker, die Menschen ritzten Datum und Uhrzeit der im Keller überstandenen Angriffe in die Mauern. Die Chronik konnte nur deswegen zu Ende geführt werden, weil das Haus nie richtig getroffen wurde.

Gleich danach kam eine Truppe. Natürlich der Stab einer Truppe. Sie besetzten ein ganzes Stockwerk, unterschrieben aber noch während des Krieges einen Mietvertrag. Bereits auf Russisch. Schließlich ging der Krieg zu Ende, der Stab wurde versetzt, und das Haus ging ins Eigentum des neuen Staates über. Viele Male schlugen Soldaten und Offiziere der in der Stadt einquartierten Streitkräfte auf der Suche nach einer Bleibe mit den Kolben ihrer Gewehre gegen die Wohnungstüren. Wenig später aber übernahmen Zivilisten die Macht, jene, die sich im Hinterland aufgehalten hatten. Es war ihre Idee gewesen, die Funktionäre in separaten Zimmern unterzubringen, was die Anzahl der Wohnungen auf ein Maximum hinauftrieb. Sogar Souterrainwohnungen, das Zimmer des Hausmeisters, der Laden und die Wäscherei wurden zu Wohnungen gemacht. Jene, die das Haus hatten erbauen lassen, mußten sich mit einer einzigen Wohnung begnügen. Sie wurden vom Geheimdienst aufgesucht und ins Gefängnis gesteckt. Ein paar Nächte brannten Bücher und Zeitungen besonderer Art in den Öfen. Mehr als zehn Jahre vergingen, bis die hier einquartierten sowjetischen Arbeiter bessere Wohnungen fanden und aus ihren Zimmern im Haus auszogen. Zurück blieben die, denen sie die freigewordenen Zimmer überließen.

Schließlich kam es zu einer Stabilisierung. Das Haus selbst verfiel langsam, aber die Zahl der darin Geborenen erreichte allmählich die Zahl der Verstorbenen. Die Nachbarn wurden gute Nachbarn. Die Mieten wurden regelmäßig gezahlt. Die Kunden des größten Spirituosenladens der Stadt, der sich auf der gegenüberliegenden Straßenseite befand, pinkelten in die Hauseinfahrt. Ein Hochhaus versperrte den Blick auf die Berge. Wer sich nicht gedulden konnte, baute seinen Ofen aus. Vor staatlichen Feiertagen gingen die betrunkenen Handwerker der örtlichen Wohnungsbehörde durch die Wohnungen und befestigten Fahnen und Transparente an den Balkons, unter denen am nächsten Tag die Paraden und Aufmärsche stattfanden. In der Werkstatt im Erdgeschoß wurde allerlei Kleinkram repariert, der von Anfang an dazu bestimmt war, sofort repariert zu werden. Ein paar Wohnungen gelangten auf die Listen des unionsweiten Wohnungstausches.
Auf einmal wurde in einer der Wohnungen ein genossenschaftliches Café eröffnet. Auf einmal kamen andere Aufmärsche vorbei. Auf einmal verkaufte jemand sein Zimmer für eine bestimmte Dollarsumme. Man befaßte sich mit der Frage, ob das Haus seinen ursprünglichen Eigentümern zurückgegeben werden sollte. Die Angelegenheit wurde ein paar Jahre von verschiedenen Gerichten behandelt. Am Ende wurde entschieden, daß die Zeit dafür noch nicht gekommen sei. Ohne Rücksicht auf irgendein Moratorium wurden in diesen Jahren Wohnungen verkauft und privatisiert. Neue Leute zogen ein; sie nahmen die Traditionen des Zusammenlebens nicht allzu ernst. An den Wohnungstüren wurden Schlösser verschiedenster Systeme angebracht. Sehr bald war alles unterhalb des ersten Stockwerks von expandierenden Betrieben, Läden und Privatunterneh-

men belegt. Im Haus wurde pausenlos gemeißelt, verlegt, gebaut. Dadurch wurde in erster Linie die tragende Konstruktion beschädigt. Die Zähler wurden in die Wohnungen verlegt. Die Treppen wischte zunächst niemand, dann begann jeder vor seiner eigenen Tür zu putzen. Ein paar Bewohner tauschten ihre Türen gegen gepanzerte aus. Der Hof wurde allmählich überdacht. Über dem Tor wurden Schilder montiert. Jede Wohnung wurde irgendwie hergerichtet. Das Dach – Eigentum der Stadt – bekam immer mehr Löcher. Um es ausbessern zu lassen, waren Petitionen, Unterschriften und ähnliches notwendig.
Nun ist das Haus in eine Phase ohne Geschichte eingetreten. Nun ist alles aufgeteilt und maximal ausgelastet. Auch die für freigewordene Wohnungen gebotenen Summen sind maximal. Diese Etappe geht zu Ende, wenn noch eine Generation abgelöst wird, die freiwillig zweimal im Jahr (zum zweitenmal am ersten November) die Staatsflagge an den Balkonen befestigt, die auf die Hauptstraße hinausgehen. Zur Zeit heißt sie Unabhängigkeitsstraße. Davor war sie die Sowjetische Straße, davor die Hitler-, Stalin- und Sapieżyński-Straße. An der Großen Tysmenyzja-Straße hat dieses Haus noch nicht gestanden.

13

Vom Fenster dieser Küche sieht man auf den rechteckigen Innenhof hinaus, der von den anderen Teilen des Gebäudes gebildet wird. Man sieht auf die Fenster anderer Wohnungen hinaus. Man sieht auf die langen Balkone hinaus, über die man die anderen Wohnungen erreicht. Man sieht auf die Fenster des Treppenhauses hinaus. Außerdem sieht

man das Dach aller anderen Gebäudeteile und das Dach des Innenhofes.
In dieser großen Küche gibt es einen richtigen Küchenherd, der früher einfach »Küche« genannt wurde. In der Tat ähnelt der Herd einer vollkommen autonomen Wirtschaft – eine gußeiserne Herdplatte zum Kochen, ein Backrohr, ein Fach zum Backen von Brot und zum Dörren von Obst, ein Kessel zum Wärmen von Wasser, ein Abtropfgitter für das gespülte Geschirr, eine Ofentür zum Entfernen der Asche, ein Schieber zur Regulierung der Luftzufuhr. Zum Herd ist Gas zugeleitet, aber er kann ebensogut mit Kohle, Holz, Torf und Papier geheizt werden. Dies erscheint überflüssig, wenn alles gut ist. Im Falle einer Energiekrise jedoch erweist es sich als rettend.
Auf dem Herd, der oben mit Messing beschlagen ist, steht eine uralte Waage, noch voll funktionsfähig, vor allem wenn es um das Abwiegen verschiedener Ingredienzien für Mehlspeisen nach alt-österreichischem Rezept geht (davon gibt es zwei Versionen: die Originalversion mit einem Maximum an hochwertigen Zutaten, und die Krisenversion, bei der alles durch irgend etwas anderes ersetzt wird): Honigkuchen, Kipferl, Topfenkuchen, Zwieback und Mohnstrudel. Da stehen auch Mörser in verschiedenen Größen, ein paar Keramikteile aus der Fabrik des genialen Iwan Lewynskyj. Außerdem zylindrische Flaschen, gefertigt in italienischer Gefangenschaft aus Hülsen verschiedener Kaliber, von Mörser- und Haubitzenhülsen bis hin zu Hülsen von Fliegerabwehrkanonen.
Neben dem Herd ist das Fenster zum Badezimmer.
Dem Herd gegenüber ist eine Nische, in der jetzt eine Kredenz steht, seit langem werden darin Utensilien aller Art aufbewahrt. Ursprünglich war die Nische als eine Art Al-

koven gedacht, in dem die Köchin schlafen sollte. Daneben ist die Tür zur Vorratskammer. Auch sie hat ein Fenster, das auf den Hof hinausgeht. Der sowjetische Kühlschrank, der Gasherd und der Boiler sehen mitgenommener aus als der Herd, die Kredenz und der am Fenster stehende Tisch mit eingebauter Schublade, die aus zwei Zinkwannen besteht und zum Geschirrspülen verwendet werden kann. An diesem Tisch können gerade mal fünf Menschen gleichzeitig frühstücken, zu Mittag oder zu Abend essen. Sonst bietet die Küche vielen Gästen Platz: wenn getrunken, Musik gehört wird, wenn gebackene Kartoffeln mit Sauerkraut gegessen werden. Die Küche dient als Wohnzimmer, Eßzimmer und Arbeitszimmer, in allen anderen Zimmern wird höchstens geschlafen.
Seit kurzem gibt es in der Küche Dinge, die es hier noch nie gegeben hat. Sie verleihen dem Raum einen gewissen Eklektizismus. Zwei Stühle aus dem Berliner Reichstag und eine verwelkte Gladiole. Diese Dinge sind Andenken an den letzten Monat, in dem uns zwei Nachbarn verließen, Andenken an zwei Nachbarn, die uns letzten Monat verlassen haben.
Die Stühle hat uns eine Frau geschenkt, die man trotz ihres Alters nicht als alte Oma bezeichnen kann. Sie ist Griechin, Anfang des letzten Jahrhunderts in New York geboren. Irgendwelche sonderbaren Umstände hatten sie nach Sowjetrußland verschlagen, sie sollte erschossen werden, der Tschekist aber, der die Erschießung vornehmen sollte, bot ihr – verzaubert von ihrer Schönheit – dem mittelalterlichen Gesetz entsprechend im Tausch gegen den Tod die Ehe an. Dann lebten sie in Soldatenstädtchen, dann nahm er die Stühle aus dem Reichstag mit, dann war er Kommandant eines besetzten Städtchens in Deutschland. Und erst

dann wurde er in unsere Stadt versetzt, wo er gegen die ukrainisch-deutschen bourgeoisen Nationalisten kämpfen sollte. Wenige Jahrzehnte später wurde die Griechin Witwe und war wieder frei. An den meisten Tagen im Jahr arbeitete sie im Garten, der gleichzeitig Obst- und Gemüsegarten war. An den anderen Tagen brachte sie Geschenke in Form von verarbeitetem Obst und Gemüse aus dem Garten in diese Küche. Denn das verstand sie unter Nachbarschaft. Ich kann mir nur schwer vorstellen, was sie gemacht hätte, wäre unser Küchenfenster nicht auf ihre Fenster hinausgegangen. Und trotzdem ist das, was man sieht, zu wenig, um das fremde Leben auch nur ansatzweise verstehen zu können, es fehlen zumindest die Geräusche dazu. Zu viele Bedeutungen und Definitionen hört man nur fragmentarisch.

Vor kurzem ist sie in den Süden gezogen, irgendwohin ans Meer. Wer hätte das gedacht ... Und vor der Abreise brachte sie die Stühle aus dem Reichstag in unsere Küche. Das hätte niemand gedacht.

Die verwelkte Gladiole war die fünfte im Strauß gewesen. Es heißt, daß man Verstorbenen keine ungerade Anzahl an Blumen bringen darf. Über diesen Nachbarn könnte man viel Positives erzählen, wäre sein Hauptgesprächsthema nicht so wichtig gewesen. Unser Nachbar war Mediziner, viele Jahre beschäftigte er sich mit der Krankheit Iwan Frankos (es gibt eine beinahe detektivische Methode, die dies trotz der zeitlichen Distanz erlaubt). Sein größtes Anliegen war, allen zu erzählen, daß Franko an Arthritis litt und an Arthritis starb. Wie sich herausstellte, erklärt dies vieles.

Der Hausherr sitzt in der Küche. Er spürt die Leere hinter den Fenstern vor seinem Fenster. Bald wird er die Stühle aus

dem Reichstag an jemanden weitergeben und die Gladiole wegwerfen. Sie geben seiner Küche etwas Eklektisches.
Er versteht, daß manche Gegenstände eine Geschichte haben, die ein fast für sich selbst sprechendes Gleichnis ist. Man muß nur den letzten Satz zu Ende bringen.

14

Ich habe mich immer für einen Menschen gehalten, der keine echte Notwendigkeit verspürt zu schreiben. Was ich schrieb, schrieb ich nicht, weil ich es schreiben mußte, sondern – warum nicht? Wenn ich schrieb, hatte ich immer das Gefühl, das Geschriebene sei unzureichend. Ich habe immer lieber erzählt, denn ich wußte, daß die mündliche Erzählung meinem Verständnis von vollkommener Literatur bedeutend näher kommt als das Geschriebene. Jedenfalls habe ich mich nie als echter Schriftsteller gefühlt und mich nie als Schriftsteller bezeichnet. Vielleicht deshalb, weil die Menschen, mit denen ich die meiste Zeit verbringe und die ich am meisten liebe, diese Besonderheit an mir nicht brauchen.
Deshalb ist die Situation, in der ich mich jetzt befinde, äußerst seltsam. Ich soll ein paar Monate in einer Krakauer Villa wohnen und mich nur dem Schreiben widmen. Derart ideale Bedingungen zum Schreiben hatte ich noch nie, genauso wie ich (mit Ausnahme des Wehrdienstes) noch nie so lange von zu Hause fort war.
In der ersten Woche konnte natürlich von Schreiben keine Rede sein. Schließlich bin ich zum ersten Mal länger als zwei Tage in Krakau. Endlich konnte und mußte ich die Stadt genießen, ihr Leben erleben, das eigene Erleben in

ihr durchleben. Schauen, gehen, beobachten und lauschen. Und das wichtigste: Ähnlichkeiten, die den Kern der Andersartigkeit deutlich machen, finden und mir einprägen, ebenso Unterschiede, die zeigen, daß doch alles gleich ist. Im städtischen Park leben viele Eulen. Beim Pferdestall. Ein Stück weiter eine geschnitzte Laube, jenen in Worochta und Tatariw ähnlich, und ein ehemaliger Schießstand des Schützenvereins. Ein Nachtklub im ersten Stock eines Hochhauses (tagsüber sind die eisernen Rolläden geschlossen, wodurch der Blick auf eine aufgeklebte türkische Schönheit freigegeben wird). Näher am Zentrum ist eine riesige Wiesenfläche, ganz ohne Bäume. Dieser Bezirk ist so schön, daß in Lemberg oder Iwano-Frankiwsk auf dem Gelände bereits ein Ghetto mit besseren Häusern entstanden wäre. Hier aber bleibt die Fläche frei, weil das Staatsoberhaupt aus Anlaß der 250-Jahr-Feier der Schlacht um Wien an dieser Stelle eine Parade von gleichzeitig zwölf Kavallerieregimentern abnahm. Jetzt werden hier Hunde spazierengeführt, und Jungen flitzen mit ihren Fahrrädern herum. Hübsche Mädchen, solche, die es in unseren Landen nie wagen würden, in ihren eleganten Mäntelchen ein Fahrrad zu besteigen, fahren auf dem Weg die Wiese entlang.

Auf einer Bank vor der Universität sitzen jeden Morgen dieselben beiden Säufer. Jeden Morgen reden sie über Philosophie und Metaphysik. Sie sinnieren darüber, ob Gott sich betrinken könnte, wenn er es wollte.

Weiter – der Marktplatz, all die Kirchen und Häuser, und das schlimmste: Scharen deutscher Touristen, die sich endlos vor Dingen fotografieren, die sie überhaupt nicht verstehen. Die jüngeren Deutschen betrinken sich einfach. Dazu genügen ihnen zwei bis drei starke Bier (bevorzugt

Tatra, der Slogan »Das beste Bier aus unseren goralischen Bergen« ist in einem derart fehlerhaften Polnisch geschrieben, daß man etwas Vergleichbares auf Huzulisch in Kiew für Serbisch oder Mazedonisch halten würde).
Am Palmsonntag sieht es hier aus wie in Jerusalem. Keine Palmkätzchen. Nur Palmen. So nennt man die Stecken, die auf außergewöhnliche Weise mit Ähren und getrockneten Pflanzen geschmückt sind, so daß sie tatsächlich an kleine, abgeschnittene Palmen erinnern.
In der Buchhandlung habe ich mich (weil keiner meiner Bekannten da war) endlich getraut, auf dem Sofa sitzend und Kaffee trinkend, in einer mit Fotos illustrierten Ausgabe des *Kamasutra* zu blättern. Ebensosehr freut es mich, ein paar ukrainische Romane in den Regalen zu sehen.
Außerdem ist da die Kneipe »vis-à-vis«. Früher war sie als Treffpunkt der Opposition bekannt, noch in den Achtzigern, zu Zeiten des Kriegszustandes, von dem sich die Polen so erfolgreich befreien konnten, trotz der Internierungslager, trotz der Ermordung Popiełuszkos, trotz der polnischen (!!!) Panzer auf den Straßen polnischer Städte, trotz der offiziellen Fernsehnachrichten (sie wurden von Sprechern in Militäruniform verlesen, der Großteil des Fernsehpublikums ging in dieser halben Stunde demonstrativ mit der ganzen Familie spazieren). In dieser Bar tranken auch Offiziere des damaligen Staatssicherheitsdienstes (aus irgendeinem Grund tranken sie nie mehr als fünfzig Gramm, dafür aber sieben bis acht Mal täglich). Jetzt schenkt dort ein Mann aus, der im Fernstudium Ukrainistik belegt hat. Er übersetzt aus dem Ukrainischen und erkennt an seinem Arbeitsplatz treffsicher, welcher seiner Gäste ukrainischer Dichter, Prosaschriftsteller oder Essayist ist.

Ich muß noch Zeit finden, in einen echten polnischen Laden zu gehen, um einen Liter starken Kirschwein zu kaufen, denn bald wird Europa ihn verbieten.
Ich kehre in die Renaissancevilla zurück. Ringsum nur Eulen und Pferde. Aus irgendeinem Grund empfinde ich keine Freude nach all den Stadterlebnissen. Allenfalls die Müdigkeit des jungen Bonaparte, der – ich weiß es noch aus der Schule – eine Schwäche dafür hatte, sämtliche Winkel der Städte zu erkunden, in die es ihn verschlug, denn vielleicht würde er sie noch stürmen müssen.
Und wieder zeigt sich, daß die Schwierigkeiten ausschließlich im Detail liegen. Die wichtigsten Dinge sind sehr einfach. Wenn ich die komplizierten Details sehe, die Vergnügen bereiten könnten, fehlt nur eines: das Wichtigste. All das muß ich unbedingt jemandem erzählen, wenn ich es schon mit niemandem gemeinsam erleben kann.
Die erste Motivation zu schreiben entsteht.

Anmerkungen

Seite 8 *Tschita*
Gebietshauptstadt in Südostsibirien, an der Trasse der Transsibirischen Eisenbahn unweit der chinesischen Grenze gelegen.

Seite 11 *Division Galizien*
Im Jahr 1943 gelang es den deutschen Behörden in der Westukraine, mit Hilfe des nationalistischen Ukrainischen Zentralkomitees etwa 80000 Freiwillige anzuwerben, von denen etwa 17000 in der Waffen-SS-Division Galizien auf deutscher Seite kämpften.

Seite 12 *Morschyn*
Kurort in der Nähe der Karpaten, 80 km südlich von Lwiw.

Seite 14 *OMON*
Russisch: *Otrjad Milicii Osobogo Naznačenija* (Milizbrigade besonderer Bestimmung), Spezialeinheit der russischen Polizei.

ebd. *Geheime Ukrainische Universität*
Diese Hochschule, auch Lemberger Ukrainische Universität genannt, existierte von 1920 bis 1925. Ihre Gründung war eine Reaktion auf die Schließung der ukrainischen Lehrstühle der Lemberger Universität durch die polnischen Behörden, in deren Folge ukrainischstämmigen Studenten die Zulassung verwehrt war.

Seite 28 *aus der Zeit der Karpaten-Ukraine*
Im Oktober 1938 wurde auf dem Gebiet der von Nazideutschland zerschlagenen Tschechoslowakei eine Autonomie Republik Transkarpatien ausgerufen. Im März 1939 erklärte die sogenannte Karpaten-Ukraine ihre staatliche Unabhängigkeit; kurz darauf wurde sie von ungarischen Truppen besetzt. Entgegen ukrainischen Hoffnungen auf Selbständigkeit hatte Hitler das Gebiet Ungarn zugesprochen.

Seite 30 *schwarze Banja*
Heute nur noch selten anzutreffende russische Sauna mit offenem Feuer oder Ofen ohne Abzug. Sobald die Banja aufgeheizt ist, werden Fenster und Türen geöffnet, der Rauch hinausgelassen. Ihren Namen verdankt sie den rußgeschwärzten Wänden und Decken.

Seite 37 *Junge Dserschinzen*
Benannt nach Feliks Dserschinski, dem Begründer der Tscheka, des ersten sowjetischen Geheimdienstes, der den roten Terror entfesselte.

Seite 44 UHA
Ukrainisch: *Ukrainska Halyzka Armija*. Die Ukrainisch-Galizische Armee war die reguläre Armee der Westukrainischen Volksrepublik; sie wurde aus der Legion der Ukrainischen Sitsch-Schützen und anderen ukrainischen Truppenteilen der österreichisch-ungarischen Armee 1918 gegründet. Sie unterstand dem ukrainischen Nationalrat und nahm am Novemberaufstand in Lemberg 1918 teil.

Seite 53 *Kaniw*
Eine Stadt in der Zentralukraine, am rechten Ufer des Dnipro. In unmittelbarer Nähe befindet sich der 1923 eröffnete Nationalpark Kaniw mit dem sogenannten Taras-Hügel und dem Grabmal des ukrainischen Nationalschriftstellers Taras Schewtschenko.

Seite 56 *Kalyna-Wein*
Die Kalyna (*Viburnum opulus*, Gemeiner Schneeball) ist ein Strauch mit weißen Blüten und roten Beeren: Sie hat ihren

festen Platz in der ukrainischen Folklore, in Gedichten und Liedern.

Seite 60 *Osobist*
Mitarbeiter des *Osobyj Otdel*, der Sonderabteilung innerhalb des militärischen Abschirmdienstes der Sowjetunion. Sie befaßte sich mit Gegenspionage und der politischen Überwachung in den sowjetischen Streitkräften, einschließlich im militärischen Geheimdienst, war aber nicht der militärischen Führung, sondern dem Geheimdienst KGB unterstellt.

Seite 63 *Ukrainische Sitsch-Schützen*
vgl. Anm. zu Seite 44

Seite 65 *Robert, der berüchtigte Anführer der UPA*
Die Ukrainische Aufstandsarmee (UPA) wurde 1942 als Guerillaarmee gegründet und kämpfte bis 1949 im Westen der Ukraine gegen die deutschen und die sowjetischen Truppen. »Robert« ist der Deckname von Jaroslaw Melnyk (1919-1946), einem ukrainischen Untergrundkämpfer in den Karpaten.

ebd. *Prachaska*
Der Familienname des Autors in der ursprünglichen, tschechischen Variante.

Seite 70 *Mychajlo Moroz ... Zorij*
Ukrainischer Künstler (1904-1992) aus Iwano-Frankiwsk. – *Mychajlo* Zorij (1908-1995), ukrainischer Maler aus den Karpaten, der die dreißiger Jahre in Krakau verbrachte.

Seite 71 *Kobsar ... Stefanyk ...*
Gedichtband von Taras Schewtschenko – Wasyl *Stefanyk* (1871-1936), ukrainischer Schriftsteller, der sich besonders mit dem Schicksal westukrainischer Bauern und den Schrekken des Krieges befaßte. – Edmund *Schkljarski* (geb. 1955), russischer Musiker und Komponist, 1972 Gitarrist der Leningrader Rockgruppe »Akvarium«, später Band-Leader der Art-Rockgruppe »Piknik«. – Orest *Subtelny* (geb. 1943 in Krakau), kanadischer Historiker ukrainischer Herkunft; Autor von Standardwerken zur Ukraine.

Seite 73 *dedeček měl kolotoč a snědl jeho červotoč*
Tschechisch: Großvater hatte ein Ringelspiel, und der Wurm hat es aufgefressen.

Seite 74 *Untergrundkämpfer Robert*
vgl. Anm. zu Seite 65

Seite 82 *Kutja*
Speise aus gekochtem Weizen, Honig, Nüssen, gemahlenem Mohn und Rosinen, vor allem in der Ukraine, Polen und Litauen als erstes Gericht des traditionellen zwölfgängigen Weihnachtsessens am 6. Januar üblich. Die Zutaten stehen für Hoffnung, Unsterblichkeit, Erfolg, Glück und Ruhe.

Seite 85 *Novemberaufstand*
Nach dem Zusammenbruch des Habsburger Reichs verlangte der im Oktober 1918 in Lemberg gebildete ukrainische Nationalrat vom letzten österreichischen Statthalter im Kronland Galizien, die Kontrolle über Ostgalizien offiziell an die Ukrainer zu übertragen. Der Nationalrat übernahm die Macht im mehrheitlich von Polen bewohnten Lemberg und rief am 13. November die Westukrainische Volksrepublik aus. Ukrainische Milizen und die *Ukrainisch-Galizische Armee* (vgl. Anm. zu Seite 44) stießen in Lemberg auf heftigen polnischen Widerstand, dem sie schließlich Ende November unterlagen. Nach der Rückeroberung der Stadt wurden viele ukrainische Aktivisten in polnische Internierungslager verbracht.

Seite 95 *Brussilow-Offensive*
Großangelegte russische Offensive unter General Aleksej Brussilow (1853-1926) im Sommer 1916 gegen die Ostfront der Mittelmächte.

ebd. *Kowpak-Partisanen*
Sydir Kowpak war ein sowjetischer Partisanenführer ukrainischer Herkunft. Er kämpfte im Ersten Weltkrieg und im anschließenden Bürgerkrieg auf der Seite der Bolschewiki gegen die antirevolutionären weißen Armeen.

ebd. *Lahodynskyj, Schekeryk-Donykiw …*
Mykola Lahodynskyj war einer der Mitbegründer der Ukrainischen Radikalen Partei (1890) und 1914 bis 1919 ihr Führer; Petro Schekeryk-Donykiw, ein Bauer, war aktives Mitglied der Partei. *Marko Tscheremschyna* (1874-1927) war ein ukrainischer Schriftsteller und Politiker.

Seite 96 *Gorgany*
Bergkamm, Teil der östlichen (ukrainischen) Karpaten, dünn besiedelt, teilweise völlig menschenleer.

Seite 98 *Marschrutkas*
Sammeltaxis

Seite 110 *am ersten November*
Gründungstag der Westukrainischen Volksrepublik 1918.

Seite 116 *Popiełuszko*
Der polnische Priester Jerzy Popiełuszko (geb. 1947), ein Unterstützer der »Solidarność«, wurde im Oktober 1984 vom polnischen Staatssicherheitsdienst ermordet.

Inhalt